Ali Benjamin

Die Wahrheit über Dinge,
die einfach passieren

ALI BENJAMIN

Die Wahrheit über Dinge, die einfach passieren

Aus dem Englischen von Petra Koob-Pawis
und Violeta Topalova

Carl Hanser Verlag

Die Originalausgabe erschien 2015 unter dem Titel
The thing about jellyfish bei Little, Brown and Company,
a division of Hachette Book Group, Inc.

1. Auflage 2018

ISBN 978-3-446-26049-8

Umschlag: Stefanie Schelleis unter Verwendung
einer Illustration von Terry Fan und Eric Fan
Vignetten: iStock.com / Ilona Baha
Satz im Verlag
Druck und Bindung: Friedrich Pustet, Regensburg
Printed in Germany

FSC
www.fsc.org
MIX
Papier aus verantwortungsvollen Quellen
FSC® C014889

FÜR ALLE NEUGIERIGEN ÜBERALL

Geisterherz

WENN MAN EINE QUALLE lange genug betrachtet, beginnt sie irgendwann wie ein schlagendes Herz auszusehen. Es spielt keine Rolle, um welche Qualle es sich dabei handelt: die blutrote Kronenqualle *Atolla*, die Qualle aus der Familie Olindiidae, die an eine perlenbestickte Blume erinnert, oder die fast durchsichtige Ohrenqualle, *Aurelia aurita*. Es ist die Art, wie sie pulsieren, wie sie sich blitzschnell zusammenziehen und wieder ausstrecken. Sie sind wie ein Geisterherz – ein Herz, durch das man hindurchsehen kann, in eine Welt, in der sich all das verbirgt, was man jemals verloren hat.

Natürlich haben Quallen gar kein Herz – kein Herz, kein Gehirn, keine Knochen, kein Blut. Aber wenn du sie eine Weile beobachtest, wirst du sie pulsieren sehen.

Mrs Turton sagt, dass das Herz eines Achtzigjährigen drei Milliarden Mal geschlagen hat. Ich habe darüber nachgedacht und mir vorzustellen versucht, was diese unglaublich große Zahl bedeutet. Drei *Milliarden*. Geht man drei Milliarden Stunden in der Erdgeschichte zurück, existiert der moderne Mensch noch gar nicht. Bloß haarige und grunzende Höhlenmenschen. Blickt man drei Milliarden Jahre zurück, gibt es kaum Leben auf der Erde. Und dennoch ist da dieses Herz, das achtzig Jahre lang unermüdlich seine Aufgabe erfüllt, Schlag für Schlag, drei Milliarden Mal.

Vorausgesetzt, man lebt so lange.

Dein Herz schlägt, wenn du schläfst, fernsiehst oder am Strand stehst und die Zehen in den Sand bohrst. Während du am Ufer stehst, blickst du vielleicht auf glitzernde weiße Lichtpunkte auf dem dunklen Ozean und überlegst, ob du es in Kauf nimmst, noch einmal nasse Haare zu bekommen. Vielleicht stellst du fest, dass die Träger deines Badeanzugs ein bisschen zu eng sind und in deine sonnenverbrannte Schulter schneiden, oder dass die grelle Sonne dich blendet.

Dann blinzelst du ein wenig. In diesem Moment bist du so lebendig wie jeder andere Mensch auf der Welt.

Währenddessen schwappen die Wellen im Sekundentakt über deine Zehen, eine nach der anderen (fast wie ein Herzschlag – vielleicht fällt es dir auf, vielleicht auch nicht), und die elastischen Träger des Badeanzugs schneiden in deine Haut. Möglicherweise fällt dir vor allem auf, wie kalt das Wasser ist oder wie die Wellen im nassen Sand unter deinen Füßen kleine Mulden hinterlassen. Deine Mom ist in der Nähe, sie macht ein Foto, und du weißt, dass du dich zu ihr umdrehen und lächeln solltest.

Aber du tust es nicht. Du drehst dich nicht um, du lächelst nicht, sondern blickst weiter hinaus aufs Meer. Keiner von euch beiden weiß, wie bedeutsam dieser Augenblick ist oder was geschehen wird (wie solltet ihr auch?).

Und die ganze Zeit über schlägt dein Herz. Es tut, was es tun muss, es vollbringt einen Schlag nach dem anderen, bis sein Auftrag erledigt ist und es innehält. Das mag bereits in ein paar Minuten der Fall sein, und du weißt es noch nicht einmal.

Denn manche Herzen schlagen nur ungefähr 412 Millionen Mal.

Das hört sich viel an. Aber tatsächlich reicht es nur gerade so aus, um zwölf Jahre alt zu werden.

Teil Eins

ZIELSETZUNG Ob man einen Laborbericht für die Schule verfasst oder eine echte wissenschaftliche Untersuchung durchführt, spielt keine Rolle. Beginne mit einer Einleitung, in der du deine Zielsetzung darlegst. Was wollen wir mit dieser Untersuchung herausfinden? Inwiefern ist sie für uns Menschen von Interesse?

Mrs Turton, Biologielehrerin der 7. Klasse
Eugene Field Memorial Middle School
South Grove, Massachusetts

Berührung

IN DEN ERSTEN DREI WOCHEN der siebten Klasse habe ich vor allem eines gelernt: Ein Mensch kann unsichtbar werden, indem er einfach schweigt.

Ich hatte immer angenommen, dass jemand wahrgenommen wird, weil die Menschen ihn mit ihren Augen sehen. Aber als wir mit der Schule unseren Herbstausflug ins Aquarium machten, war ich, Suzy M. Swanson, völlig unsichtbar. Gesehen zu werden hat nämlich mehr mit den Ohren als mit den Augen zu tun.

Wir standen am Berührungsbecken und hörten einem bärtigen Mitarbeiter des Aquariums zu, der in ein Mikrofon sprach. »Streckt eure Hände flach aus.« Wenn wir die Hände ganz still im Wasser hielten, erklärte er uns, würden kleine Haie und Rochen sich an unseren Handflächen reiben wie freundliche Hauskatzen. »Sie werden zu euch kommen, aber ihr müsst eure Hand flach halten und dürft nicht herumzappeln.«

Ich hätte gerne einen Hai berührt. Aber es war zu voll am Beckenrand und viel zu laut, deshalb hielt ich mich im Hintergrund und schaute nur zu.

Zur Vorbereitung auf diesen Ausflug hatten wir im Kunstunterricht T-Shirts gebatikt. In grellem Orange und Blau. Jetzt trugen wir die Shirts wie psychedelische Uniformen. Ich nehme an, das Ganze diente in erster Linie dazu, dass man uns in der Menge gut erkennen konnte, falls jemand aus der Klasse verloren ginge. Einige der hübschen Mädchen – Aubrey LaValley, Molly Sampson und Jenna Van

Hoose – hatten ihre T-Shirts mit einem Knoten über die Hüfte hochgebunden. Meines hing über der Jeans wie ein alter Künstlerkittel.

Es war genau ein Monat vergangen, seit das Allerschlimmste passiert war, und etwa genauso lange war es her, dass ich mit dem *Nichtsprechen* angefangen hatte.

Nichtsprechen ist nicht gleichbedeutend mit Nichtredenwollen, wie die meisten Leute meinen. Nichtsprechen ist der Entschluss, die Welt nicht mit Wörtern zu füllen, wenn es nicht unbedingt nötig ist. Nichtsprechen ist das Gegenteil von *Dauersprechen*, was ich zuvor immer gemacht hatte, und es ist eindeutig besser als *Small Talk*, was alle von mir erwarteten.

Hätte ich mich dazu überwinden können, Small Talk zu machen, wären meine Eltern gar nicht erst auf die Idee gekommen, mich zu einer *Frau Doktor, mit der du über alles reden kannst,* zu schicken. Aber genau dorthin würde ich heute Nachmittag nach unserem Ausflug gehen. Dabei war es total sinnlos. Mal ehrlich, wenn jemand nicht reden will und wenn es tatsächlich nur darum und um nichts anderes geht, dann ist die *Frau Doktor, mit der du über alles reden kannst,* so ziemlich die Letzte, die weiterhelfen kann.

Natürlich wusste ich genau, warum sie mich zu dieser *Frau Doktor, mit der du über alles reden kannst,* schleppten. Meine Eltern dachten, ich hätte Probleme mit meinem Kopf, und damit meine ich nicht Probleme, die man hat, wenn einem das Rechnen oder Lesen schwerfällt. Nein, sie dachten, ich hätte psychische Probleme, und zwar von der Art, die Franny mit *plemplem* umschrieben hätte. Wenn jemand plemplem ist, dann ist er »nicht recht bei Verstand«.

Ich war also nicht recht bei Verstand.

»Die Hände flach halten«, sagte der Aquariumsmitarbeiter zu niemand Bestimmtem. Das hätte er sich sparen können, es hörte ihm ohnehin keiner zu. »Diese Tiere können die Herzschläge aller in diesem Raum spüren. Ihr braucht also nicht mit den Fingern herumzufuchteln.«

Justin Maloney, der beim Lesen immer noch die Lippen bewegt, versuchte, die Schwanzflossen eines Rochens zu packen. Seine Hose war so weit, dass jedes Mal, wenn er sich über das Wasser beugte, mehrere Zentimeter seiner Unterhose zum Vorschein kamen. Außerdem hatte er sein T-Shirt verkehrt herum an. Wieder schwamm ein Rochen vorbei, aber Justin griff so ungeschickt nach ihm, dass er Sarah Johnston, die neben ihm stand, mit Wasser vollspritzte. Sarah wischte sich das Salzwasser von der Stirn und rückte ein paar Schritte von Justin ab.

Sarah ist neu in der Klasse. Sie ist sehr still, und das gefällt mir. Am ersten Schultag hat sie mich sogar angelächelt. Aber dann kam Molly und sprach sie an. Kurz darauf sah ich, wie Sarah bei den Spinden stand und in eine Unterhaltung mit Aubrey vertieft war, und jetzt war ihr T-Shirt genauso geknotet wie das der anderen Mädchen.

Ich strich eine Strähne aus meinen Augen und klemmte sie hinters Ohr – *Miss Wuschel mit der wilden Mähne* –, aber die Haare fielen mir sofort wieder ins Gesicht.

Dylan Parker schlich von hinten an Aubrey heran. Er packte sie an der Schulter und schüttelte sie. »Hai!«, schrie er.

Die anderen Jungs brüllten los. Aubrey kreischte, und ihre Freundinnen kreischten mit, aber dann kicherten sie, wie Mädchen manchmal kichern, wenn Jungs in der Nähe sind.

Natürlich musste ich sofort an Franny denken. Wenn sie hier gewesen wäre, hätte sie mitgekichert.

Wieder hatte ich dieses mulmige Gefühl. Wie immer, wenn ich an Franny dachte.

Ich kniff die Augen zusammen. Einen Moment lang war die Dunkelheit eine echte Erleichterung. Aber dann geisterte ein Bild durch meinen Kopf, und es war kein gutes. Ich stellte mir vor, wie das Wasserbassin platzte und die Rochen und Haie sich über den Boden ergossen. Und dann fragte ich mich, wie lange es wohl dauern würde, ehe die Tiere an der Luft erstickten.

Die Welt würde ihnen kalt, schrill und grell vorkommen, und irgendwann würden sie für immer aufhören zu atmen.

Ich schlug die Augen auf.

Manchmal wünscht man sich so sehr, dass sich die Dinge ändern. Ganz besonders, wenn die Dinge so sind, dass man es gar nicht im selben Raum mit ihnen aushält.

In der Ecke zeigte ein Pfeil, auf dem *QUALLEN* stand, den Weg nach unten zu einem weiteren Ausstellungsraum. Ich ging zur Treppe und blickte zurück, um zu sehen, ob mich irgendjemand bemerkte. Dylan schnipste Wasser auf Aubrey, die schon wieder kreischte. Schimpfend machte sich eine unserer Begleitpersonen auf den Weg zu ihnen.

Trotz meines Batikshirts und meiner wilden Wuschelmähne achtete niemand auf mich.

Ich ging die Stufen hinunter zu den Quallen.

Niemand bemerkte es. Absolut niemand.

Manchmal passieren Dinge einfach

DU WARST BEREITS ZWEI TAGE TOT, *ehe ich es erfuhr. Es war an einem Nachmittag im späten August, am Ende eines langen, einsamen Sommers nach der sechsten Klasse. Meine Mom rief mich ins Haus. Ich musste sie nur ansehen und wusste sofort, dass etwas nicht in Ordnung war – auf eine ganz schlimme Weise nicht in Ordnung war. Da bekam ich es mit der Angst zu tun. Ich fürchtete, Dad könnte etwas zugestoßen sein. Seit der Scheidung war ich mir nicht mehr sicher, ob es Mom etwas ausmachen würde, wenn ihm etwas passierte. Dann dachte ich an meinen Bruder. Was, wenn es um ihn ging?*

»Su ...«, fing Mom an.

Ich hörte das Summen des Kühlschranks und das Tropf, tropf *der Dusche und das Ticken der alten Kaminuhr, die immer die falsche Zeit anzeigte, es sei denn, ich zog sie auf.*

Lange Sonnenstrahlen drangen durchs Fenster herein wie Geister, die durch Wände gehen. Sie legten sich auf den Teppich und hielten still.

Moms Stimme klang monoton. Ihre Worte kamen in normaler Geschwindigkeit aus ihrem Mund, trotzdem schien sich alles zu verlangsamen. Als wäre die Zeit viel zu schwer, um zu verrinnen. Vielleicht gab es auch gar keine Zeit mehr.

»Franny Jackson ist ertrunken.«

Vier Wörter. Es dauerte nur Sekunden, sie auszusprechen, aber sie hallten eine halbe Stunde lang nach.

Mein erster Gedanke war: Merkwürdig. Warum nennt sie Franny beim Nachnamen? *Ich konnte mich nicht erinnern, dass Mom je zuvor deinen Nachnamen benutzt hätte. Du warst für sie immer nur Franny.*

Dann sickerte der Rest des Satzes in mein Gehirn.

Ertrunken.

Sie sagte, du seist ertrunken.

»Es ist im Urlaub passiert«, fuhr Mom fort. Sie saß vollkommen regungslos da. Ihre Schultern waren ganz steif. »Am Strand.« Und dann fügte sie noch hinzu, als würde dieser Zusatz dem, was sie mir zu sagen hatte, einen Sinn verleihen: »In Maryland.«

Aber ihre Worte ergaben natürlich nicht den geringsten Sinn.

Dafür gab es eine Million Gründe. Ihre Worte ergaben keinen Sinn, weil ich dich erst kurz zuvor gesehen hatte und du quietschlebendig gewesen warst. Sie ergaben keinen Sinn, weil du schon immer eine ausgezeichnete Schwimmerin gewesen warst, viel besser, als ich es jemals hätte sein können.

Sie ergaben keinen Sinn, weil die Sache zwischen uns ein falsches Ende genommen hatte. So darf nichts enden, niemals.

Und doch stand meine Mom vor mir und sagte diese Worte. Wenn sie tatsächlich die Wahrheit sprach, wenn es stimmte, was sie sagte, dann war der Augenblick, als ich dich zuletzt gesehen hatte – als du weinend den Schulkorridor entlanggegangen bist, die Tasche mit den nassen Kleidern in der Hand –, zugleich auch meine allerletzte Erinnerung an dich. Für immer.

Ich starrte meine Mutter an. »Nein, das ist sie nicht.«

Das bist du nicht. Das ist völlig unmöglich. Ich weiß es genau.

Mom öffnete den Mund, um etwas zu sagen, dann schloss sie ihn wieder. Ihre Augen füllten sich mit Tränen.

»Das ist sie nicht«, wiederholte ich, diesmal etwas lauter.

»Es ist am Dienstag passiert«, sagte Mom. Sie sprach jetzt leiser als zuvor, so als hätte meine lauter werdende Stimme ihrer Stimme die Kraft entzogen. »Am Dienstag. Es tut mir so leid. Ich habe es selbst gerade erst erfahren.«

Dienstag. Heute war Donnerstag.

Zwei ganze Tage waren seither vergangen.

Immer wenn ich an diese beiden Tage denke – an den Zeitraum zwischen deinem Ende und dem Moment, an dem ich davon erfuhr –, denke ich über die Sterne nach. Wusstest du, dass das Licht des Sterns mit der kürzesten Entfernung zur Erde uns mit vier Jahren Verzögerung erreicht? Wenn wir ihn oder irgendeinen anderen Stern anschauen, sehen wir sie also so, wie sie in der Vergangenheit ausgesehen haben. Die vielen funkelnden Lichter, alle Sterne des Himmels, sind vielleicht längst erloschen. Der ganze Nachthimmel könnte vollkommen leer sein, und wir wissen es nur noch nicht.

»Sie konnte schwimmen«, sagte ich. »Sie war eine gute Schwimmerin, das weißt du doch.«

Als keine Antwort kam, versuchte ich es erneut. »Das weißt du doch, oder? Mom?«

Meine Mutter schloss die Augen und stützte die Stirn in ihre Hände.

»Das ist unmöglich«, wiederholte ich. Wieso begriff sie nicht, wie vollkommen unmöglich das war?

Mom blickte hoch und sprach betont langsam, als wollte sie sichergehen, dass ich jedes Wort verstand. »Auch gute Schwimmer können ertrinken, Su.«

»Aber das ergibt keinen Sinn. Wie konnte sie –?«

»Nicht alles ergibt einen Sinn, Su. Manchmal passieren Dinge einfach.« Sie schüttelte den Kopf und atmete tief durch. »Du kannst es nicht fassen. Ich fasse es ja selbst nicht.« Dann schloss sie die Augen für ein paar endlose Sekunden.

Als Mom sie wieder öffnete, verzerrte sich ihr Gesicht. Tränen rannen über ihre Wangen. »Es tut mir so leid«, sagte sie. »Es tut mir so schrecklich leid.«

Sie sah grotesk aus, ihr Gesicht war richtig zerknittert. Ich hasste es, sie so zu sehen, und drehte mich weg. Die sinnlosen Worte schwirrten immer noch in meinem Kopf herum.

Du bist ertrunken.

Beim Schwimmen in Maryland.

Vor zwei Tagen.

Nein, es ergab keinen Sinn. Nicht damals. Nicht später am Abend, als die Erde sich den Sternen entgegenstreckte, und auch nicht am nächsten Morgen, als sie sich wieder zum Sonnenlicht drehte.

Es ergab keinen Sinn, dass es der Welt überhaupt noch möglich war, sich jemals wieder dem Sonnenlicht zuzuwenden.

Bisher hatte ich immer gedacht, unsere Geschichte sei unsere *Geschichte und nichts anderes. Und nun stellte sich heraus, dass du eine eigene Geschichte hast und ich ebenso. Unsere beiden Geschichten haben sich eine Weile überlappt, lange genug, dass man sie für ein und dieselbe Geschichte halten konnte. Aber das stimmte nicht.*

Da begriff ich: Jeder hat seine eigene Geschichte, immerzu, und keine zwei Geschichten sind gleich. Man ist nie wirklich beieinander.

Es hat eine Zeit gegeben, als Mom schon wusste, was dir zugestoßen war. Eine Zeit, in der diese Nachricht sie bereits mit voller Wucht getroffen hatte, während ich noch durchs Gras rannte wie an einem x-beliebigen Tag. Und es hat eine Zeit gegeben, in der jemand es bereits wusste, meine Mutter aber noch nicht. Und eine Zeit, in der deine Mutter es wusste, aber sonst so gut wie niemand.

Das heißt, es hat eine Zeit gegeben, in der du schon nicht mehr bei uns warst und niemand auf der Welt wusste davon. Nur du ganz allein. Du bist im Wasser verschwunden, und keiner hat es bemerkt.

Was für ein unglaublich einsamer Moment muss das gewesen sein.

Manchmal passieren Dinge einfach, *hatte Mom gesagt. Es war eine schreckliche Antwort, die schlimmste überhaupt.*

Mrs Turton sagt: Wenn etwas geschieht, das niemand erklären kann, dann sei man an die Grenzen menschlicher Erkenntnis angelangt. Das sei der Moment, in dem man die Wissenschaft brauche. Wissenschaft sei die Suche nach Erklärungen, die einem niemand sonst geben könne.

Ich wette, du hast nicht einmal mehr Mrs Turton kennengelernt.

Manchmal passieren Dinge einfach. *Dieser Satz liefert keine Erklärung, und er ist kein bisschen wissenschaftlich. Aber über Wochen hinweg hatte ich nichts anderes.*

Bis ich in diesem Untergeschoss stand und die Quallen hinter der Glasscheibe sah.

Unsichtbar

DER AUSSTELLUNGSRAUM im Keller unter dem Berührungsbecken, wo meine Klassenkameraden sich immer noch gegenseitig mit Wasser bespritzten, war fast menschenleer. Die Stille tat gut.

An den Wänden waren Aquarien aufgestellt, in denen Quallen schwammen. Einige hatten hauchzarte Tentakel, dünner noch als Haare. Bestimmt wurde das Wasser speziell ausgeleuchtet, denn die Tiere wechselten immer wieder die Farbe. Ich entdeckte Quallen mit langen Tentakeln, die herumwirbelten wie die Haarsträhnen eines Mädchens unter Wasser. In einem Bassin schwammen Quallen, deren Tentakel dick und gerade waren und wie die Gitterstäbe eines selbst geschaffenen Gefängnisses aussahen. Es gab sogar ein Becken mit kleinen Quallen-Babys. Wie zarte weiße Blumen sahen sie aus.

Wie seltsam diese Geschöpfe waren. Sie erinnerten mich an Aliens, zumindest ein bisschen. Anmutige Aliens. Stumme Aliens. Alien-Ballerinas, die keine Musik brauchten, um zu tanzen.

Auf einer Schautafel an der Wand stand: EIN UNSICHTBARES MYSTERIUM. Ich wusste, was ein Mysterium war: Meine Mutter behauptete immer, ich sei ein Mysterium für sie, besonders wenn ich meine Spiegeleier in Traubengelee tunkte oder absichtlich zwei nicht zueinanderpassende Strümpfe anzog. Mysterium bedeutet so viel wie *Geheimnis*. Ich mochte Geheimnisse, und deshalb ging ich zu dem Schild. Darauf war ein Foto abgebildet, auf dem zwei Finger zu sehen waren, die ein Röhrchen hielten. In dem kleinen Gefäß schwamm eine fast durchsichtige Qualle, kaum größer als ein Fingernagel.

Der Begleittext informierte darüber, dass es sich um die sogenannte Irukandji-Qualle handelte, deren Gift zu den gefährlichsten der Welt gehört. Angeblich ist es tausendmal stärker als das der Tarantel.

Der Stich einer Irukandji führt zu heftigen Kopf- und Gliederschmerzen, Brechreiz, Schweißausbrüchen, Angstgefühlen, bedrohlich erhöhtem Herzschlag, Hirn- und Lungenblutungen. Einige Patienten sprachen nach dem Stich von schrecklicher Todesangst, einige waren so überzeugt davon, sterben zu müssen, dass sie ihre Ärzte baten, sie von ihren Qualen zu erlösen, damit sie es »endlich hinter sich hätten«.

Das hörte sich ja wirklich furchtbar an. Ich las weiter.

In der Tat ist im Zusammenhang mit dem sogenannten Irukandji-Syndrom eine Zahl von Todesfällen dokumentiert, wobei unklar ist, ob darüber hinaus nicht noch weitere Opfer zu beklagen sind, deren Tod fälschlicherweise auf andere Ursachen zurückgeführt wurde. Wissenschaftler forschen derzeit an dem Gift und gehen dabei auch der Frage nach, ob der Stich einer Irukandji womöglich noch weit schwerwiegendere Konsequenzen hat als bisher angenommen.
Das größte Vorkommen verzeichnet man an der australischen Küste, aber das Irukandji-Syndrom ist auch weiter nördlich dokumentiert, unter anderem auf den britischen Inseln sowie in Hawaii, Florida und Japan. Aufgrund der Erwärmung der Ozeane gehen viele Wissenschaftler davon aus, dass die Irukandji – wie auch andere Quallenarten – ihre Wanderbewegung über große Entfernungen hinweg fortsetzen wird.

Nachdem ich den Text durchgelesen hatte, las ich ihn ein zweites Mal.

Und ein drittes Mal.

Dann sah ich mir das durchscheinende kleine Tierchen auf dem Foto genauer an. Im Wasser würde diese Qualle kein Mensch entdecken. Sie war praktisch unsichtbar.

Ich wandte mich wieder dem Text zu. Lange starrte ich auf die Worte.

Eine Zahl von Todesfällen dokumentiert ...

Wanderbewegung über große Entfernungen hinweg ...

Mein Kopf brummte, und mir war etwas schwindlig. Ich hatte das Gefühl, dass auf der Welt nichts mehr existierte – außer mir, diesen Worten und den stummen, pulsierenden Tieren.

Fälschlicherweise auf andere Ursachen zurückgeführt ...

Ich starrte und starrte, bis die Worte mir immer unverständlicher erschienen, als wären sie in einer fremden Sprache verfasst.

Erst als ich tief durchatmete, merkte ich, dass ich die Luft angehalten hatte.

Das Geschnatter meiner Klassenkameraden drang zu mir, und ich ging rasch wieder die Treppe hinauf zum Berührungsbecken.

Oben hatte sich jedoch alles verändert. Statt des bärtigen Aquariumsmitarbeiters sprach jetzt eine Frau mit einem blonden Pferdeschwanz in das Mikrofon. Sie sagte das Gleiche wie er: »Hände flach halten, nicht herumzappeln.« Die bunten Batikshirts meiner Klassenkameraden waren nirgendwo zu sehen. Die Schüler, die sich nun um das Becken versammelt hatten, trugen Shorts und karierte Hemden. Es war eine ganz andere Gruppe.

War meine Klasse etwa ohne mich in die Schule zurückgekehrt?

Ich ging in den Hauptraum des Aquariums und sah mich dort um. Ein kurzer Blick, und schon hatte ich die bunten T-Shirts erspäht. Wie eine Gruppe marmorierter, neonfarbiger Fische drängelten sie sich um einen riesigen Salzwassertank.

Sie hatten keine Lust gehabt, die Quallen anzuschauen. Sie wussten nichts über die Irukandji, und sie würden auch keine Fragen darüber stellen.

Da wurde mir klar: Niemand würde Fragen stellen. Niemand außer mir.

Wie man Freundschaft schließt

BEI UNSERER ALLERERSTEN BEGEGNUNG *trägst du einen blauen Badeanzug. Er ist blau wie ein Sommerhimmel mit glitzernden Pünktchen, die aussehen wie Sterne. Es ist ein Himmel, an dem Tag und Nacht zusammenfallen.*

Ich bin fünf Jahre alt und komme bald in den Kindergarten.

Wir sind bei dem großen Becken in der Schwimmhalle. Es ist laut hier, von überallher werden Echos zurückgeworfen. Die Mütter sitzen hinter uns auf den Bänken. Sie haben uns hergebracht, zu der Schwimmgruppe mit dem Namen Guppies*, damit wir lernen, das Gesicht unter Wasser zu halten und zu strampeln.*

Die Schwimmlehrerin bläst in eine Trillerpfeife und ruft nacheinander unsere Namen auf. Wir sollen uns an einem Schaumstoffbrett festhalten und Wasser treten, während sie uns im seichten Teil des Beckens hin und her zieht. Als sie dich aufruft, machst du keine Anstalten, ins Wasser zu hüpfen, und als ich an der Reihe bin, rühre ich mich ebenfalls nicht vom Fleck.

Im Sonnenlicht hat dein Haar die Farbe von Stroh. Ich mag deine Sommersprossen, sie sehen aus wie Sternenkonstellationen.

Irgendwann sitzen nur noch wir beide am Beckenrand. Die Schwimmlehrerin kommt zu uns. Sie sagt: »Tut mir leid, Mädchen, aber jetzt wird es langsam Zeit. Hüpft bitte zu den anderen rein.«

Ich will schon den Kopf schütteln, da drehst du dich zu mir um und siehst mich an. Deine rosa Lippen öffnen sich. Ein Lächeln. Dann holst du tief Luft und lässt dich ins Wasser gleiten. Die Schwimmlehrerin will dir ein Schwimmbrett geben, aber du nimmst es nicht.

Stattdessen tauchst du unter. Deine Augen, Haare, alles ist unter Wasser. Dann schwimmst du los. Die ganze Strecke bis zu den anderen Kindern, die sich an ihre Bretter klammern. Ohne auch nur einmal aufzutauchen.

Ich folge dir. Ich gleite ins Wasser – nicht weil die Schwimmlehrerin es gesagt hat, sondern weil ich so schwimmen können will wie du. Und weil ich deine Sommersprossen mag, dein strohblondes Haar und dein Lächeln. Und weil Freundschaftschließen in diesem Moment das Einfachste auf der Welt zu sein scheint.

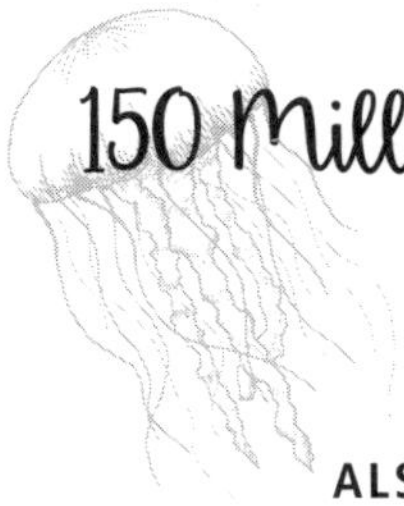

150 Millionen Stiche

ALS ICH AM NACHMITTAG nach unserem Schulausflug nach Hause kam, wartete eine Überraschung auf mich. Neben dem Auto meiner Mutter stand der Jeep meines Bruders Aaron. Und neben Aarons Jeep saß Rocco im Schneidersitz in der Auffahrt. Rocco ist Aarons Freund.

Ich hatte fast die gesamte Rückfahrt damit verbracht, über Quallen nachzudenken. Auf einem der Informationsschilder hatte ich gelesen, dass es im Jahr zu etwa 150 Millionen Quallenstichen kommt. Während die anderen auf dem Heimweg nach South Grove herumschrien, Musik hörten, sich über die Sitze hinweg Zettelchen zuwarfen und Lastwagenfahrern zuwinkten, damit sie hupten, stellte ich auf der Rückseite meines Naturkundehefts Berechnungen an.

150 Millionen Stiche pro Jahr, das waren zirka 411 000 Stiche pro Tag beziehungsweise 17 000 Stiche pro Stunde.

Also vier bis fünf Stiche pro Sekunde.

Ich schloss die Augen und zählte bis fünf. Während ich zählte, wurden etwa 23 Menschen von einer Qualle gestochen.

Dann zählte ich noch einmal. *Eins, zwei, drei, vier, fünf.* Weitere 23 Menschen.

Ich zählte und zählte. Ich zählte so viel, dass das Zählen und Stechen eins wurden. Irgendwie schien ich durch das Zählen die Stiche erst zu verursachen. Natürlich wusste ich, dass das nicht stimmte, trotzdem war ein Teil von mir davon überzeugt. Vielleicht würde niemand mehr gestochen werden, wenn ich nur endlich mit dem Zählen aufhörte.

Aber ich schaffte es nicht. Ein Bereich in meinem Gehirn kämpfte gegen einen anderen an und behielt die Oberhand.

Rocco sah zu mir hoch und zwinkerte. »Hallo du, Suzy Q. Toller Tag, was?«

Ich gab keine Antwort. Rocco rechnete auch gar nicht damit.

Er wedelte mit der Hand und deutete zum Himmel. »Wenn ich ein Vogel wäre, würde ich um die Erde fliegen und die aufeinanderfolgenden Herbste suchen ...«

Er sprach mich fast nie direkt an, und das gefiel mir. Es war, als würde ich seine Gedanken hören. Als wären wir beide gleichzeitig hier und irgendwie doch nicht.

»George Eliot«, fügte er hinzu, und ich nickte, als wüsste ich, von wem er sprach. Rocco studiert Englische Literatur an der Universität, an der Aaron die Frauenfußballmannschaft trainiert. Ständig zitierte er irgendjemanden.

Wäre ich noch eine Sprechende gewesen, hätte ich ihm vielleicht gesagt: Zähl bis fünf. Und wenn er dann bis fünf gezählt hätte, hätte ich ihm von den 23 Stichen erzählt.

Danach hätte ich ihn noch einmal zählen lassen. Und ich hätte gesagt: *sechsundvierzig Stiche.*

Und noch einmal. *Neunundsechzig.*

Rocco riss mich aus meinen Gedanken. »Aaron und ich sind vorbeigekommen, um dich und deine Mom zu fragen, ob ihr mit uns ins Kino gehen wollt. Aber deine Mom meinte, du hättest einen Arzttermin oder so.«

Die Frau Doktor, mit der ich über alles reden kann. Uff.

Rocco grinste. »Deine Mom hat die Gelegenheit genutzt, um ein paar von ihren ›Schätzen‹ loszuwerden. Sie lädt gerade alles bei Aaron ab.«

Ich musste lächeln, weil er das Wort so betonte: *Schätze.* Mom liebte es, auf Flohmärkten zu stöbern, sie nannte es »auf Schatzsuche gehen«, obwohl ich bisher nicht herausgefunden habe, wieso ein aussortiertes Fondue-Set oder ein Übertopf, an dem die Farbe abblättert, ein *Schatz* sein soll. Wenn Mom ein Schnäppchen wittert, kann sie einfach nicht widerstehen. Unser Haus quillt über von Kisten voller Merkwürdigkeiten: Dosen mit verschiedenen Knöpfen (Mom näht nicht), Muffin-Backformen (sie backt nicht) und Stricknadeln, die sie mit Klebeband umwickelt hat (sie strickt auch nicht).

Rocco klopfte auf den Asphalt. »Setz dich zu mir.« Das war nett von ihm, aber ich musste weiter über die Quallenstiche nachdenken. Ich schüttelte den Kopf und winkte zum Abschied. Rocco grüßte zurück, schloss die Augen und ließ sein Gesicht von der Sonne bescheinen.

Auf dem Weg zum Haus rechnete ich ganz schnell weiter.

Einhundertfünfzehn Stiche.

Einhundertachtunddreißig.

Einhunderteinundsechzig.

Im Haus traf ich auf Aaron. Er hielt einen Pappkarton mit Küchenutensilien in der Hand. Darin befanden sich unter anderem eine gelbe, mit Hähnen dekorierte Servierplatte, ein Rührbesen sowie ein ausgedientes Waffeleisen, an dem immer noch das Preisschild hing (3,97 Dollar).

»Na, wen haben wir denn da?« Aaron grinste mich an. Mein Bruder. Gebräunt und athletisch, immer ein Lächeln auf den Lippen. Manchmal war Aaron fast zu schön, um wahr zu sein.

Mom streckte den Kopf aus der Küche. »Su«, sagte sie und winkte mir zu. Seit ich denken kann, nennt sie mich so. *Su* ist die Kurzform von *Suzy*, was lustig ist, denn *Suzy* ist bereits die Kurzform von *Suzanne*. Vor ein paar Jahren wollte ich sie überreden, mich einfach nur *S* zu nennen, der kürzeste Spitzname überhaupt, aber sie weigerte sich. »In 15 Minuten müssen wir los, sonst kommen wir zu spät. Deinen Dad treffen wir dort.«

Mom hatte ihre Arbeitskleidung an, also einen Hosenanzug. So einen trägt sie immer, wenn sie ihren Kunden Häuser zeigt. Nur die Schuhe hatte sie ausgezogen. Und ihr wuscheliges Haar – die wilde Mähne habe ich von ihr geerbt – hatte sich längst aus dem straffen Knoten gelöst.

Sie legte noch ein Salatbesteck auf Aarons Karton.

»Mom«, stöhnte Aaron. »Wir brauchen nicht noch mehr Zeug.«

»Einen Moment«, erwiderte unsere Mutter. »Ich habe noch ein Schneidbrett für dich.« Sie hockte sich auf den Küchenboden und begann in einem Schrankfach zu kramen.

»Rocco wartet draußen, Mom«, sagte Aaron. Er sah mich an und verdrehte die Augen.

Ich machte mit dem Zeigefinger kleine Kreise an meinem Ohr, das Zeichen für *plemplem*.

»Hey«, sagte er zu mir, während Mom in der Küche mit Töpfen und Pfannen klapperte. »Wie läuft's in der Schule?«

Ich zuckte die Schultern.

Er sah mich forschend an. »Suzy, die Mittelstufe ist immer schrecklich. Das weißt du doch, oder?«

Ich blickte auf den Boden.

»Nein, ich meine es ernst, Suzy. Als ich in der Siebten war, wollte ich einfach nur davonlaufen. Und ich hatte nicht meine beste Fr–« Er hielt inne und schüttelte den Kopf. »Was ich sagen will, ist: Es bleibt nicht für immer so.«

Als ich nicht antwortete, fügte er hinzu: »Ich verspreche es dir, Suzy.«

Und mit einem Mal spürte ich einen dicken Kloß im Hals.

Mom kam aus der Küche gewirbelt und hielt ein ramponiertes Holzbrett in Form eines Schweinchens hoch. »Gefunden! Bestimmt kannst du das gebrauchen. Ein gutes Schneidbrett kann man immer gebrauchen.« Sie legte es auf den Stapel im Karton, und Aaron lachte.

»Hm«, murmelte er und betrachtete stirnrunzelnd das Schweinebrettchen. »Aber vielleicht nicht ausgerechnet *dieses* Schneidbrett …«

Mom versetzte ihm spielerisch einen Schlag auf den Arm. »Sei nett zu deiner alten Mutter.«

»Okay, aber nur, wenn meine alte Mutter mich jetzt ins Kino gehen lässt.«

»Oh, natürlich.« Mom seufzte. »Ich suche noch ein paar Küchensachen heraus und hebe sie für deinen nächsten Besuch auf.«

Ich war bereits auf dem Weg in mein Zimmer, als mein Bruder mir aus dem Flur zurief: »Bis bald, Suzy!«

Ich setzte mich an meinen Schreibtisch, schlug mein Notizbuch auf und fing wieder an zu zählen.

Eins … zwei … drei … vier …

Durchs Fenster sah ich, wie Aaron zu Rocco ging.

Dreiundzwanzig Stiche.

Quallen stechen immerzu, jede Sekunde, jede Minute, jeden Tag.

Rocco stand auf, nahm Aaron die Kiste ab und trug sie zum Auto.

Sechsundvierzig Stiche.

Quallen stachen Tag für Tag, Woche für Woche, Monat für Monat, Jahr für Jahr.

Rocco stellte den Karton auf den Rücksitz.

Neunundsechzig Stiche.

Er nahm das Schweinebrett in die Hand und blickte Aaron an. Mein Bruder zuckte die Schultern, was so viel hieß wie: *So ist meine Mom eben.*

Zweiundneunzig.

Sie stiegen ins Auto und schlossen die Türen. Durch die Windschutzscheibe sah ich, wie Rocco Aarons Haar zerzauste. Beide schienen laut zu lachen. Sie beugten sich zueinander und küssten sich, bevor Aaron rückwärts auf die Straße bog. Dann waren sie fort – auf dem Weg ins Kino, zu einem Leben, das man hat, wenn Worte nicht alles kaputt gemacht haben.

Sie zu beobachten, ihr sorgloses Glück mitanzusehen, löste ganz seltsame Gefühle bei mir aus. Es war, als könnte ich mich an das Glücklichsein erinnern und doch auch wieder nicht.

Aber vor allem wusste ich eines: Ich verdiente es nicht, glücklich zu sein.

Und daran würde sich auch nie etwas ändern.

Teil Zwei

HYPOTHESE Eine Hypothese ist eine vorläufige Erklärung, eine mögliche Antwort auf eine Frage, die deinen Untersuchungen zugrunde liegt. Mit anderen Worten: eine Vermutung, die dir sehr wahrscheinlich erscheint.

Mrs Turton

Begründete Vermutungen

NACHDEM AARON UND ROCCO GEFAHREN WAREN, schlug ich mein Notizbuch auf und begann zu schreiben:

– Es leben 7 Milliarden Menschen auf der Erde.
– Pro Jahr gibt es 150 Millionen Quallenstiche.
– 7 Milliarden geteilt durch 150 Millionen ist 46,6.
– Das heißt, auf 46,6 Menschen kommt ein Quallenstich.
– Natürlich gibt es keinen 0,6-Menschen. Ich will damit sagen, dass auf 46 oder 47 Menschen ein Stich kommt.
– Ich persönlich kenne sehr viel mehr Menschen als nur 46 oder 47.
– Die Wahrscheinlichkeit, dass ich zumindest eine Person kenne, die von einer Qualle gestochen wurde, ist demnach recht hoch.
– Niemand hat mir bisher von einem Quallenstich erzählt.
– Es ist also anzunehmen, dass ich eine Person kenne, die von einer Qualle gestochen wurde, es mir aber nicht erzählt hat.
– Vielleicht hat sie es mir nicht erzählt, weil sie es nicht konnte.
– Vielleicht konnte sie es mir nicht erzählen, weil sie tot ist.
– Vielleicht ist der Quallenstich der Grund dafür, dass sie tot ist.

Ich legte den Stift weg und saß eine Weile reglos da. Ich hörte, wie Mom unten meinen Namen rief, aber ich musste erst noch nachdenken.

Vielleicht hatte Mom sich geirrt. Vielleicht passierten Dinge nicht *einfach so*. Vielleicht war nicht alles so zufällig, wie die Menschen glaubten.

Die Dinge zwischen Franny und mir hatten ein schlimmes Ende genommen. Hätte ich das damals geahnt, hätte ich mich für das, was passiert war, entschuldigt. Zumindest hätte ich mich verabschiedet. Aber man erkennt nicht immer den Unterschied zwischen einem neuen Anfang und einem endgültigen Ende. Jetzt war es zu spät, um alles in Ordnung zu bringen.

Aber vielleicht konnte ich doch noch etwas tun. Vielleicht konnte ich beweisen, dass es einen Bösewicht in Frannys Geschichte gab. Einen Bösewicht, der noch schlimmer war als ich.

Ich nahm den Stift in die Hand und schrieb:

Hypothese: Das Allerschlimmste wurde von einer Irukandji verursacht.

Meine Zimmertür wurde aufgerissen. Meine Mutter stand im Türrahmen und sah sehr wütend aus.

»Su«, sagte sie scharf. »Komm endlich.«

Ich klappte mein Notizbuch zu, und eine Sekunde später waren wir schon unterwegs zu der *Frau Doktor, mit der man über alles reden kann*, obwohl jeder, der mich kennt, wissen müsste, dass ich kein Wort mit ihr reden würde.

Teil Drei

HINTERGRUNDWISSEN Das Hintergrundwissen liefert den Nährboden für deine wissenschaftliche Suche. Was können wir bereits mit Sicherheit sagen? Was ist noch unklar? Warum ist das von Bedeutung?

Mrs Turton

Frühes Leben

ICH KÖNNTE DIR SEHR VIEL ÜBER QUALLEN ERZÄHLEN, aber vor allem musst du eines wissen: Sie sind älter als Dinosaurier, älter als Insekten, älter als Bäume oder Blumen oder Farne oder Pilze oder Samen. Sie sind mindestens 600 Millionen Jahre alt, also vermutlich älter als jedes Lebewesen, das du je mit eigenen Augen gesehen oder dir in deiner Fantasie vorgestellt hast.

Seit die Qualle zum ersten Mal in Erscheinung trat, hat es fünfmal ein großes Massenaussterben gegeben. Beim größten Massenaussterben wurden neun von zehn Arten auf dieser Welt ausgelöscht. Stell dir das mal vor. Es ist, als würde man in den Zoo gehen und feststellen, dass fast alle Tiere verschwunden sind. Sämtliche Käfige sind leer, nur einige Vögel sind noch da, ein oder zwei kleine Nager, ein paar Muscheln und Schnecken. Alle anderen Tiere sind weg – *Puff!* – und ihre Gehege verlassen.

Es gibt auch viele andere Gründe, warum Tiere aussterben. Mittlerweile sind unzählig viele Spezies für immer ausgerottet.

Und jetzt kommt's: Nur den Quallen hat dieses Sterben, dieses Verschwinden der Arten nichts anhaben können.

Wollte man eine Brücke bauen von unserer Welt – mit Pfauen, Giraffen, Monarchfaltern und Menschen, die sich gegen Schul-Spinde schubsen – bis zu den Anfängen dessen, was wir Leben nennen, dann wäre diese Brücke eine Qualle.

Quallen sind an der Nahtstelle von allem, was *war* und was *ist*.

Ich habe mal nachgerechnet: Wenn man die Zeitspanne, die seit dem ersten Auftreten der Quallen vergangen ist, auf das Leben eines Achtzigjährigen überträgt – also auf drei Milliarden Herzschläge –, würde der Mensch erst in den letzten zehn Tagen dieses Lebens in Erscheinung treten und nur die letzte Million Herzschläge miterleben. Quallen hingegen hätten auch schon die Geburt, die ersten Monate, die Kindheit und die Jugend des Achtzigjährigen miterlebt. Wir Menschen wären nur Zeuge der letzten beschwerlichen Atemzüge.

Wenn es stimmt, was man sagt – dass das sechste Massenaussterben in unserer Zeit stattfindet, wenn also die Welt, in der wir leben, stirbt, und zwar in unfassbarem Ausmaß –, dann ist das womöglich das Ende von uns und allem, was wir kennen.

Dieser Gedanke kann einem wirklich Angst einjagen.

Aber das Wichtigste ist: Von den allerersten Anfängen an, als noch kein einziges Massensterben stattgefunden hat, also vom Beginn allen Lebens bis zu dieser Minute, sind Quallen pulsierend wie ein Herzschlag durch die Ozeane dieser Welt gewandert.

Quallen sind Überlebenskünstler. Egal was ihnen zustößt, sie überleben alles.

Wie es ist, eine Freundin zu haben

WIR SIND IM FREIEN, UND ES IST SOMMER. *Deine Mutter hat uns erlaubt, länger aufzubleiben als sonst – länger, als es für Siebenjährige gut ist, hat sie gesagt. Zuerst waren wir beide bei mir zu Hause. Eigentlich wollten wir dort auch übernachten – es wäre das erste Mal gewesen, dass du nicht zu Hause übernachtet hättest. Aber nach dem Abendessen hast du deine Meinung geändert und geweint. Daraufhin hat meine Mutter deine Mutter angerufen, und dann ist deine Mutter gekommen und hat uns abgeholt.*

Jetzt übernachten wir stattdessen bei dir zu Hause.

Wir rennen wie verrückt im Kreis herum. Der Himmel wird immer dämmriger, und über uns fliegen dunkle Umrisse hin und her. Ich bin mir ziemlich sicher, dass es Fledermäuse sind. Ich sage es dir, und du kreischst ganz laut, und dann rennen wir noch schneller.

Ich weiß einiges über Fledermäuse. Sie sind die einzigen Säugetiere, die fliegen können. Das habe ich in einem Buch gelesen.

Ich kann jetzt schon richtig gut lesen. Manchmal berichte ich dir von den Dingen, über die ich gelesen habe, und dann willst du immer noch mehr wissen. Einmal habe ich dir erzählt, dass Hasenzähne immerzu weiterwachsen, und daraufhin wolltest du, dass ich dir alles erzähle, was ich über Hasen weiß. Dass sie sich nicht übergeben können und ihren eigenen Kot fressen und dass die längsten Hasenohren fast neunundsiebzig Zentimeter lang sind.

Meine Eltern haben ein eigenes Wort für das, was ich tue: Dauersprechen – *ein Wort und zusammengeschrieben. Sie erklären mir, dass es wichtig ist, auch andere zu Wort kommen zu lassen. »Du musst den anderen Leuten Fragen stellen«, sagt Mom immer. »Wenn du die Einzige bist, die redet, dann ist das kein Gespräch.« Ich versuche, daran zu denken und den anderen Fragen zu stellen.*

Aber du bist anders. Du magst es, wenn ich dir etwas erzähle. Du willst nicht, dass ich dir Fragen stelle. Stattdessen stellst du mir Fragen. Du hast dich noch nie über mein Dauersprechen *beschwert.*

Wir haben unsere Arme wie Flügel ausgebreitet und lassen uns atemlos ins Gras fallen. Wir lachen, und uns ist schwindlig, weil die Welt sich um uns herum dreht.

Deine Hündin Peanuts schaut uns dabei zu. Sie ist ein weißes Fellbündel und noch sehr klein. Während wir herumrennen, jault sie und wackelt mit dem Schwanz, der nur ein Stummel ist, weil jemand ihn gleich nach der Geburt gekürzt hat. Peanuts ist angeleint. Die Schlaufe der Leine hängt über einem Holzpflock – die Hündin könnte sich also ganz einfach losreißen und hinter uns herrennen, aber das tut sie nicht. Sie denkt, sie könnte nicht ausbüxen, obwohl es nicht stimmt.

Und weißt du was? Es macht mir nichts aus, dass wir nicht wie geplant bei mir zu Hause sind. Es macht mir nichts aus, dass du nachts immer noch aus einer Trinklerntasse trinkst, obwohl wir schon fast sieben sind. Es macht mir nichts aus, dass du manchmal weinst, weil du deinen Daddy vermisst, obwohl du dich gar nicht an ihn erinnern kannst. Es macht mir nichts aus, dass du das N immer noch falsch herum schreibst und manchmal »Leben« liest statt »Nebel«, weshalb du im Sommer in einen Förderkurs gehen musst. Es macht mir nichts aus, dass deine Wangen und dein Hals und deine Ohren ganz rot werden, wenn du in der Schule laut vorlesen musst, und dass dir manchmal nichts einfällt, wenn wir uns eine Geschichte ausdenken müssen. Ich habe so viele Ideen, dass sie für uns beide reichen.

Es macht mir auch nichts aus, als am Ende des Schuljahres ein Mädchen namens Aubrey so laut verkündet, dass alle es hören: »Franny Jackson ist weder hübsch noch klug.«

Ich habe dein Gesicht gesehen, als sie das sagte. Ich habe gesehen, wie deine Wangen fleckig wurden und wie du auf den Boden gestarrt hast, um nicht loszuheulen. Dann hast du doch angefangen zu weinen und fast die ganze Pause hindurch weitergeweint, bis ich dir ins Ohr geflüstert habe, dass der Spielplatz in Wirklichkeit aus dem alten Ägypten stammt und zwischen der Schaukel und der Rutsche der Nil fließt. Und dass wir nur schnell genug sein müssten, dann würden uns die Krokodile im Nil schon nicht schnappen. Du musstest lachen, obwohl du Rotz in der Nase hattest. Dann rannten und lachten wir beide so wie immer.

Die anderen Mädchen sind mir egal, und es ist mir auch egal, was in meiner Jahresbeurteilung steht: dass du und ich versuchen sollten, mit anderen Freundschaft zu schließen. Dass ich »meine Fühler ausstrecken soll«, damit ich meine »sozialen Fähigkeiten« weiterentwickle, was auch immer damit gemeint ist.

Die Lehrerin versteht es nicht. Sie versteht nicht, dass wir beide jede Menge Spaß haben und sonst niemanden brauchen. So wie in diesem Moment: Wir haben das Gras unter unseren Füßen und Peanuts' Wackelschwänzchen, und wir drehen uns im Kreis und lachen, und über uns ist der Abendhimmel, der langsam dunkler wird.

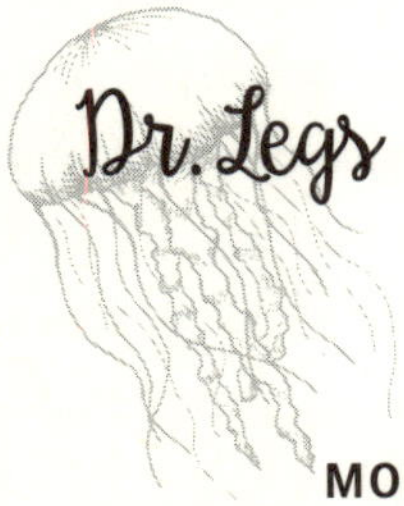

Dr. Legs

MOM UND ICH SASSEN IM AUTO auf dem Parkplatz, der zum sogenannten First Street Schoolhouse gehört. Der Name ist total falsch, denn es ist gar kein Schulhaus, außerdem befindet es sich in der Garis Street. In dem Gebäude sind Büros untergebracht, eines davon gehört Dr. M. Legler, Kinderpsychologin.

Durch die Windschutzscheibe sah ich, dass Dad bereits da war und darauf wartete, dass wir ausstiegen.

»Komm schon, Su«, sagte meine Mom. »Wir sind spät dran.«

Ich verschränkte die Arme vor der Brust und rührte mich nicht vom Fleck.

»Dass wir hier sind, bedeutet nicht, dass mit dir etwas nicht stimmt.«

Ihr haltet mich für plemplem. Darum sind wir hier.

Mom schien meine Gedanken hören zu können, denn sie sagte: »Ich weiß, dass du traurig bist. Aber ich bin mir sicher, dass es dir bald wieder besser geht. Dein Vater und ich –« Mom seufzte und blickte hinaus zu meinem Dad. Sie hielt den Zeigefinger hoch, als wollte sie sagen: *einen Moment noch.*

Er nickte und winkte.

»Wir wollen sichergehen, dass wir wirklich alles versuchen, um dir zu helfen.« Sie seufzte erneut. »Außer dass wir dir Zeit lassen, ist dies hier das Einzige, was uns weiterhelfen könnte.«

Als ich weiter schwieg, fügte sie hinzu: »Du willst nicht hier sein, das weiß ich. Aber ich bitte dich trotzdem auszusteigen.«

Ich runzelte die Stirn. Dann öffnete ich die Autotür.

»Hey, Kleines«, begrüßte mich Dad. »Wie geht's?« Seine Stimme klang superfreundlich, als würde er mich aus irgendeinem anderen Grund auf diesem Parkplatz treffen und nicht, weil ich nicht recht bei Verstand bin. Als würde er nicht ständig Mom anrufen und mit ihr über mein *Nichtsprechen* reden. Mom tut dann immer so, als wäre jemand vom Büro am Telefon, aber ich höre sie Sachen sagen wie: »Ich weiß es doch auch nicht, Jim ... Nein, ich habe wirklich nicht die geringste Ahnung ... Ich schwöre es dir ... Ja, ich versuche es immer wieder. *Natürlich* habe ich ihr das gesagt.«

Dad legte den Arm um mich und zog mich zu sich, als würde er mit einer Antwort rechnen wie: *Prima, Dad, mir geht's prima.*

Wir betraten das Gebäude und gingen zur Tür Nummer 307, auf der *Dr. M. Legler* steht.

Die *Frau Doktor, der ich alles sagen kann,* war ganz anders, als ich erwartet hatte. Dr. Legler hatte rabenschwarzes, glattes Haar wie das eines Vampirs. Die Beine, die unter ihrem kurzen Rock hervorschauten, waren lang und schlank. Sie trug eine schwarze Spitzenstrumpfhose, was irgendwie nicht sehr professionell wirkte.

Dr. Legs, dachte ich stirnrunzelnd. *Die Frau Doktor mit den langen Beinen.*

Sie führte uns in ein Büro mit dickem Teppich und Lederstühlen und bot uns einen Platz an.

Der Stuhl quietschte, als ich mich setzte.

Dr. Legs verlor keine unnötige Zeit. »Deine Eltern haben sich mit mir in Verbindung gesetzt, Suzanne, weil sie sich Sorgen um dich machen.«

Ich blickte aus dem Fenster, obwohl es dort nichts zu sehen gab außer einem weiteren Fenster und einer Backsteinmauer.

»Sie haben mir erzählt, dass du in letzter Zeit sehr schweigsam bist. Stimmt das?«

Ich verschränkte die Arme vor der Brust und blickte weiter in

Richtung Fenster. Wenn sie das schon wusste, wieso in aller Welt dachte sie dann, ich würde ihr eine Antwort geben? Und warum stellte sie eine Frage, auf die sie offensichtlich bereits eine Antwort hatte?

»Und sie haben erzählt, du hättest aufgehört zu sprechen, nachdem du deine Freundin verloren hast. Stimmt das?«

Sie war nicht meine Freundin, dachte ich. *Zumindest nicht, als es passierte.*

»Du sollst wissen, dass jeder Mensch auf seine eigene Weise trauert«, fuhr sie fort, als hätte ich ihr geantwortet. »Es gibt kein Richtig oder Falsch, wenn es darum geht, jemanden zu betrauern, den man sehr gerngehabt hat.«

Ich ließ den Blick über ihr Bücherregal schweifen. Die Bücher hatten Titel wie *Das Wunder der Achtsamkeit, Nie mehr Opfer, Schritt für Schritt aus der Depression, Kein Bettnässen mehr.*

Als Dr. Legs weitersprach, überlegte ich, wie man die Titel neu ordnen könnte.

Schritt für Schritt zum Opfer

Wunder der Depression

Achtsamkeit beim Bettnässen

»Meg.« Dr. Legs wandte sich an meine Mom. Welche Wirkung hat Suzannes Weigerung zu sprechen auf Sie?«

Manchmal sind die Tränen meiner Mutter traurige Tränen, manchmal sind es glückliche Tränen, und manchmal sind es Liebestränen, wie sie es nennt. Ich erkenne nicht immer den Unterschied. Als ich jetzt sah, wie Tränen in ihre Augen traten, dachte ich: *Das sind wahrscheinlich traurige.*

»Suzy ist einfach so … unglücklich«, sagte meine Mom. Ihre Stimme war leise und dunkel, und das mochte ich nicht.

Es war gemein, meine Mom dazu zu bringen, über etwas zu sprechen, das sie zum Weinen brachte. Ehrlich gesagt hielt ich nicht viel von Dr. Legs' Einfühlungsvermögen.

Nachdem meine Mom erklärt hatte, sie wünsche sich, zu mir durchzudringen, wandte Dr. Legs sich an Dad. »Sagen Sie mir, Jim, »wie oft sehen Sie Suzanne?«

»Jede Woche«, antwortete er. »Jeden Samstagabend.«

»Sie halten sich immer daran?«

»Immer.«

Das stimmte. Egal was passierte, samstagabends gingen Dad und ich ins Ming Palace. Das ist ein kleines chinesisches Restaurant, eingezwängt zwischen einem Fitnessstudio und einem Billig-Supermarkt an der Route 24. Bei seinem Auszug hatte Dad mir ein Versprechen gegeben: Egal wohin er unter der Woche reisen musste, am Samstag um sechs Uhr würde er da sein. Jede Woche, jeden Samstag.

»Sind Sie der gleichen Meinung wie Meg?«, fragte Dr. Legs. »Glauben Sie, Suzanne ist unglücklich?«

»Was denken *Sie* denn?«, blaffte Dad sie an. Er holte tief Luft. »Tut mir leid. Was ich meine, ist … Natürlich ist sie unglücklich. Darum sind wir ja hier.« Er blickte zu Boden.

Als er wieder sprach, klang er gefasster. »Vielleicht könnte ich mit ihrem Schweigen besser zurechtkommen, wenn wir noch zusammenwohnen würden. Aber ich bin nicht mehr da, um ihr Gute Nacht zu sagen. Ich bin nicht da, wenn sie sich morgens für die Schule fertig macht. Ich bin nicht da, wenn sie ihre Hausausgaben erledigt. Ich bin beruflich viel unterwegs, und freue mich immer aufs Wochenende. Aber jetzt – jetzt spricht sie nicht einmal mehr mit mir. Jetzt habe ich gar nichts mehr. Es ist, als wäre sie … nicht mehr da.«

Manchmal, wenn mir das, was gerade passiert, nicht gefällt, erstelle ich eine Liste in meinem Kopf. In diesem Moment beschloss ich, eine Liste der interessantesten Dinge zu erstellen, die ich je im Internet gesehen hatte.

Einmal habe ich ein Foto von zwei blonden Mädchen gesehen; sie haben gelacht und Grimassen geschnitten. Es war nett und wirkte eigentlich völlig normal, nur dass die beiden Köpfe zu einem Körper gehörten.

Und einmal habe ich einen Mann gesehen, der Hörner in den Kopf implantiert hatte und dessen Gesicht komplett tätowiert war. Das war wirklich kein so schöner Anblick.

Einmal habe ich einen verhungerten Eisbären gesehen. Auf der Suche nach Nahrung müssen Eisbären über die Eisschollen ziehen. Aber das konnte er nicht, denn das Eis war geschmolzen. Der Bär war nur noch Haut und Knochen, er sah aus wie ein zerzauster weißer Teppich auf dem grünen Gras. Wie zum Abschied hatte er eine Pfote in die Luft gestreckt. Das fand ich schrecklich.

»Suzanne«, sagte Dr. Legs, »ich möchte dich bitten, mir zu vertrauen. Du kannst hier alles sagen. Alles. Ich werde nicht urteilen.«

Ich nickte, weil das vermutlich von mir erwartet wurde. Aber ich hörte schon längst nicht mehr zu. Ich wollte nur eines: zurück an meinen Computer und alles über Quallen herausfinden. Ich war mir nicht sicher, wie ich die Hypothese, die ich inzwischen aufgestellt hatte, beweisen konnte, ich wusste nur, dass ich keine Zeit zu verlieren hatte.

Dr. Legs beendete ihre Ausführungen mit den Worten: »... und deshalb brauchen wir manchmal die Hilfe von *Experten.*«

Ich blickte auf. Ich wusste nicht genau, was sie gesagt hatte, aber das Wort *Experten* schien wichtig zu sein.

»*Experten* erkennen Verhaltensmuster«, fuhr sie fort. »Sowohl sinnvolle Verhaltensmuster als auch solche, die man vielleicht ändern möchte. Wir sind darauf spezialisiert, anderen Menschen zu helfen, mit Dingen fertigzuwerden, mit denen sie allein nicht zurechtkommen.«

In diesem Moment kam mir eine Idee.

»Von einem zwölfjährigen Mädchen kann man ja nicht erwarten«, fuhr Dr. Legs fort, »dass es *jedes* Problem ganz allein löst, nicht wahr?«

Sie hatte völlig recht. Ich brauchte die Hilfe von einem Experten. Allerdings nicht für mein *Nichtsprechen*, sondern um meine Hypothese zu beweisen.

Bestimmt gab es irgendwo Quallen-Experten, die sich mit Wanderbewegungen auskannten und mit Quallenstichen und all den anderen Dingen, auf die ich nie im Leben kommen würde.

Quallenforscher, dachte ich. *Ich brauche einen Quallenforscher.*

So einen würde ich suchen. Und dieser Quallenexperte würde mir helfen, das zu beweisen, was ich beweisen musste: dass Franny von einer Qualle gestochen worden war.

Falls ich in diesem Moment irgendwelche Zweifel gehabt haben sollte oder etwas in mir sagte: *Das ist doch plemplem, du bist doch nicht recht bei Verstand*, dann ließ ich diesen Gedanken einfach nicht zu.

Man bekommt im Leben nicht oft die Gelegenheit, etwas geradezubiegen und wieder in Ordnung zu bringen. Wenn sich so eine Chance bietet, darf man nicht lange darüber nachdenken. Man muss sie ergreifen und mit aller Kraft daran festhalten, ganz egal wie *plemplem* das erscheinen mag.

Auf dem Parkplatz nahm Dad mich in die Arme und sagte: »Bis Samstag.« Er hatte eine Broschüre mitgenommen: *Kinder und Trauer – eine große Herausforderung für kleine Herzen.* »Gleiche Zeit, gleicher Ort.« Dann drückte er mir einen Kuss auf den Kopf und stieg in sein Auto.

Mom und ich stiegen in Moms Auto, und wir alle fuhren davon und ließen das Backsteingebäude hinter uns.

Zumindest für heute.

Dumme alte Wörter

MEIN *NICHTSPRECHEN* hatte im Ming Palace begonnen. Ein paar Tage nach Frannys Beerdigung. Die Schule hatte gerade wieder angefangen, und ich war in die siebte Klasse gekommen.

Als ich an jenem Abend vor dem Restaurant eintraf, stand mein Dad draußen vor der Tür. Er hatte sein Handy zwischen Ohr und Schulter geklemmt und telefonierte. »Hm-hm«, murmelte er. Als er mich sah, hielt er den Finger hoch: *Bin gleich so weit.*

Dads Arbeit ist kompliziert und hat mit Computern und Universitäten zu tun. Er ist viel unterwegs, und meistens geht es um *Systemchecks*, was sich ziemlich langweilig anhört.

»Ja, das war auch meine Vermutung«, sagte er ins Telefon. »Scheint sich auf diesen speziellen Server zu beschränken … Ja, die Leute dort arbeiten mit Hochdruck daran.« Er lächelte mich an und verdrehte die Augen.

Ich lächelte zurück und verdrehte ebenfalls die Augen. Ich hatte nicht den blassesten Schimmer, mit wem er sprach.

Er beendete das Telefonat, nahm mich kurz in die Arme und gab mir einen Kuss auf den Kopf. »Tut mir leid, Kleines. Krise vorerst abgewendet.«

Ich folgte ihm ins Restaurant, und wir setzten uns in die Ecke mit den pinken Plastiksitzen, wo wir immer sitzen. Die Kellnerin kam zu uns. »Das Übliche?«

Nach mehr als einem Jahr mit wöchentlichen Samstagessen kannte sie unsere Wünsche auswendig: Wan-Tan-Suppe (für mich),

Sauer-scharf-Suppe (Dad), Honighühnchen mit Reis (ich), Mu-Shu-Schweinefleisch (Dad), alkoholfreier Shirley Temple (ich), ein Rolling-Rock-Bier (Dad).

Ich nickte und Dad nickte ebenfalls. Dann sah er mich an und fragte: »Wie waren die ersten Tage in der Schule?«

Damals war ich zwölf und bereits in der Mittelstufe. Und ich wusste schon einiges über Erwachsene, wie zum Beispiel: Erwachsene mögen es nicht, wenn man alles laut ausspricht, was man denkt.

Einmal wollte Dad wissen, was ich gerade denke, da habe ich ihm alles über den Pazifikmüllfleck erzählt. Das ist ein riesiger Müllberg aus Plastikabfällen mitten im Pazifischen Ozean. Ich habe ihm erklärt, dass diese Insel angeblich doppelt so groß ist wie Texas und aus Müll besteht, den die Menschen ins Meer werfen. Das Plastik erstickt die Korallen und wird von den Wellen zerkleinert. Ausgewachsene Vögel halten diese kleinen Teilchen für Nahrung und füttern sie ihren Jungen, die dann verhungern, obwohl ihre Eltern sich gut um sie kümmern.

Dad hatte geseufzt, als ich fertig war. Ich schätze, es wäre ihm lieber gewesen, wenn ich ihm vom Sportunterricht erzählt hätte.

Was mein Dad hören wollte, war vermutlich das, was alle tun: Small Talk. Aber ich verstehe nicht, was das soll. Und ich verstehe auch nicht, warum es so heißt – Small Talk. Wenn es doch so oft und ständig gemacht wird.

Und vor allem verstehe ich nicht, warum Small Talk höflicher sein soll als *Nichtsprechen*. Das ist so wie beim Applaus nach einer Aufführung. Hast du jemals erlebt, dass nach einer Vorstellung *nicht* geklatscht wird? Die Leute applaudieren immer, egal ob die Aufführung gut oder schlecht war. Sie klatschen sogar nach dem alljährlichen Konzert unserer Schulband, und das will etwas heißen. Wäre es nicht einfacher und würde es nicht Zeit und Energie sparen, wenn man erst gar nicht klatschen würde? Letztlich liefe es auf das Gleiche hinaus, und zwar auf nichts.

Im Grunde genommen sind *Nichtsprechen* und Small Talk das Gleiche – nämlich nichts. Aber ich wette, der sogenannte Small Talk hat mehr Freundschaften zerstört, als Stille es je könnte.

Nach einer Weile versuchte es Dad erneut. »Gibt es jemanden, den du besonders magst? Lehrer? Neue Schüler?«

Ich dachte über seine Frage nach. Die meisten Schüler kannte ich bereits von früher: den durchgeknallten Dylan Parker und den unordentlichen, immer Unordnung schaffenden Justin Maloney. Die Neue, Sarah Johnston, schien ganz okay zu sein. Tja, und ich mochte Mrs Turton, meine neue Naturkundelehrerin. Am ersten Schultag war sie mit einer Albert-Einstein-Perücke ins Klassenzimmer gekommen und hatte uns erklärt, dass die Zeit unterschiedlich schnell vergeht, je nachdem wie schnell man sich selbst fortbewegt. Wenn man ihr zuhörte, wurde die Welt um uns herum, mit all den alltäglichen Dingen, zu einem spannenden Ort, und das gefiel mir. Sie hatte uns erklärt, dass alle Blutgefäße im menschlichen Körper zusammengenommen circa 100 000 Kilometer lang sind. Das ist so viel, dass man die Erde zweieinhalb Mal umkreisen könnte. Wir haben von ihr erfahren, dass Ameisen nie schlafen, wohingegen Schnecken drei Jahre lang durchschlafen können. Und sie hat uns erklärt, dass jeder von uns mindestens 20 Milliarden Atome von William Shakespeare in sich habe. Wobei sie das Wort *mindestens* betonte und eine komplizierte Rechnung an die Tafel schrieb, die das beweisen sollte.

Ich habe versucht, die Atome zu erspüren, um herauszufinden, ob da irgendetwas in mir war, was mich zu etwas Ähnlichem inspirieren könnte wie *Sein oder Nichtsein* oder *Oh Romeo, Romeo! Warum bist du Romeo?*, aber da war nichts. Ich war einfach nur ich.

Dann kam mir der Gedanke, dass wir womöglich nicht nur Atome von William Shakespeare in uns hatten, sondern auch Atome von Adolf Hitler – und der war vermutlich der schlimmste Mensch, den es je gegeben hat. Danach hatte ich keine Lust mehr, darüber nachzudenken.

Es gefiel mir, dass wir einen Forschungsbericht schreiben mussten, das Thema aber frei wählen konnten, solange es mit Naturwissenschaft zu tun hatte. In ihren früheren Klassen haben sich die Schüler zum Beispiel mit Orcas beschäftigt, mit Diabetes, Astronautennahrung, dem Schwarzen Tod, dem Velociraptor, mit Sonnenstürmen und Bioterrorismus. Es ging darum zu lernen, wie man etwas erforscht und wie man sich Informationen beschafft über etwas, das man wissen möchte. »Das ist Wissenschaft«, hatte Mrs Turton uns erklärt. »Man findet heraus, was andere über eine bestimmte Sache entdeckt haben, und wenn man dabei auf eine Frage stößt, die noch niemand beantwortet hat, sucht man selbst nach Lösungen.«

All das hätte ich Dad erzählen können, aber ich tat es nicht. Stattdessen lauschte ich auf die Geräusche um mich herum – das Klirren der Eiswürfel in der Getränkemaschine, das Klingeln der Registrierkasse, das Stimmengemurmel und das Gelächter an den Nebentischen. Mir gefielen diese Geräusche. Sie waren besser als irgendwelche dummen alten Wörter.

Dumme alte Wörter, die nichts bedeuten.

Dumme alte Wörter, die so viel Platz einnehmen.

Dumme alte Wörter, die manchmal Freundschaften beenden.

»Warum bist du heute so schweigsam?« Dad lachte, als hätte er einen Witz gemacht.

Da kam mir der Gedanke: *Was, wenn ich nie mehr wieder Small Talk machen würde?* Es schien mir eine gute Idee zu sein: Entweder ich sage etwas Wichtiges, oder ich sage gar nichts.

Dad machte ein ärgerliches Gesicht. »Okay, Suzy«, sagte er gereizt. »Gib mir Bescheid, wenn du dich mit mir unterhalten willst.«

Aber ich hatte längst einen Entschluss gefasst: Ich würde mich nicht mehr unterhalten. An diesem Abend nicht. Vielleicht nie mehr.

In den vier Wochen, die seither vergangen sind, habe ich das auch nicht wieder getan.

Experte Nr. 1

AM ABEND NACH UNSEREM BESUCH bei Dr. Legs begann ich mit meinen Nachforschungen. Ich stieß auf eine Reihe von Quallen-Experten. Ein Wissenschaftler in Rhode Island untersuchte, wie Quallen sich im Wasser fortbewegen. Eine großmütterlich wirkende ältere Dame erforschte Quallen-Populationen in der Nähe von Seattle. Ein Typ in Washington, D. C., wollte herausfinden, woraus sie sich ursprünglich entwickelt hatten. Ich klickte Namen für Namen durch und sortierte einen Wissenschaftler nach dem anderen aus. Einer hatte zum Beispiel keine E-Mail-Adresse und auch sonst keine Kontaktdaten genannt, eine andere schrieb Sätze, die ich nicht verstand und in denen Wörter wie *Pharmakognosie*, *methanolisch* und *Eosin* vorkamen. Die großmütterliche Forscherin sah aus wie eine ältere Version meiner Mutter, und ich wollte nicht darüber nachdenken, dass meine Mutter irgendwann alt sein würde.

Dann stieß ich auf etwas Interessantes.

Ich zog mein Notizbuch hervor und fing an zu schreiben:

Möglicher Experte Nr. 1
DHUGAL LINDSAY, JAPAN

Brille und braune Haare. Arbeitet in einem Labor, wo Wissenschaftler ferngesteuerte Fahrzeuge in die Tiefsee schicken. Er hat in den tiefsten Tiefen des Meeres eine unbekannte Quallen-Art entdeckt.

Ein Teil ihres Schirms, der sich zusammenziehen oder auseinanderfalten kann wie eine aus Papier gebastelte Laterne, ist rot. Dhugal Lindsay hat sie wegen ihres Aussehens Papierlaternen-Qualle genannt. Natürlich hat sie auch einen lateinischen Namen: Pandea Rubra. *Aber das mit der Papierlaterne ist so schön wörtlich zu verstehen, und das gefällt mir.*
Schreibt Haikus über Dinge, die er sieht. Hier ist eines seiner Gedichte:

Seifenblasen
nach Westen ins Nirvana
nichts im Gepäck

Tja. Das ist leider ganz und gar nicht wörtlich.

VORTEILE:
Sieht sympathisch aus. Sanfte Augen. Nicht gemein.
Entdeckt Neues, weiß also, dass es noch viel mehr auf der Welt gibt, als man bisher annimmt.

NACHTEILE:
Sehr weit weg
Schreibt nichts über Irukandji oder Quallen-Gift
Will womöglich, dass ich seine Gedichte lese

FAZIT:
Abgelehnt aus Gründen, die mit Poesie zu tun haben

Staubkorn

VOR JEDER UNTERRICHTSSTUNDE nahm sich Mrs Turton ein paar Minuten Zeit, um uns Dinge zu erzählen, die uns interessieren könnten. Sie meinte, auf diese Weise würden wir auf Ideen für unseren Forschungsaufsatz kommen. Oder überhaupt auf irgendwelche Ideen kommen, hatte sie schmunzelnd hinzugefügt.

Als wir an dem Tag nach unserem Aquariumsbesuch ins Klassenzimmer kamen, stand an der Tafel: *ein Staubkorn, das in einem Sonnenstrahl schwebt.*

»Setzt euch, setzt euch«, sagte Mrs Turton, während wir zu unseren Plätzen gingen. »Zuerst ein Hinweis für alle, die noch kein Thema für ihren Forschungsbericht haben. Kommt nach der Stunde BITTE, BITTE zu mir, damit wir darüber sprechen können. Eigentlich müsstet ihr schon längst dransitzen.« Sie legte die Hände auf einen Tisch in der vordersten Reihe. »Ich wiederhole es noch einmal.« Mrs Turton sah mich direkt an, also war ich vermutlich die Letzte, die noch kein Thema hatte. »Ihr müsst mit der Stoffsammlung anfangen.«

Ich starrte sie an, ohne zu blinzeln. Seit gestern wusste ich, über welches Thema ich schreiben würde.

»Gibt es dazu noch Fragen?«, wollte Mrs Turton wissen.

Niemand meldete sich.

»Okay, bevor wir anfangen, möchte ich für ein paar Minuten mit euch in die Vergangenheit reisen«, sagte sie. »Weihnachten 1968. Die meisten eurer Eltern waren noch gar nicht geboren. Es gab noch kein Internet, keine E-Mails, Videospiele oder Handys. Aber es gab

Raumschiffe. Sie waren etwas so Neuartiges, dass sie direkt aus einem Science-Fiction-Roman zu kommen schienen ...« Sie machte eine Pause. Die ganze Klasse war still.

»Nur wenige Tage vor Weihnachten verließ das Raumschiff *Apollo 8* unseren Planeten. An Heiligabend sandten die Astronauten dieses Bild aus dem Weltall.« Sie drückte auf die Fernbedienung.

An der Wand erschien ein Foto. Ich hatte es schon einmal gesehen. Darauf war die Erde zu sehen, wie sie hinter dem Mond aufstieg. Unser Planet sah aus wie eine riesige blau gesprenkelte Murmel. Besser gesagt wie eine halbe Murmel, die von absoluter Dunkelheit umgeben war.

»Ihr seid alle mit diesem Foto groß geworden«, fuhr Mrs Turton fort. »Aber stellt euch einmal vor, wie es für die Menschen von damals gewesen sein muss. Zum allerersten Mal konnten sie unsere Erde sehen, aus weiter Ferne und in ihrer ganzen Pracht.«

Ich starrte das Bild an. Die Erde sah lebendig aus, während der Mond im Vergleich dazu grau und öde wirkte.

Mrs Turton drückte wieder auf die Fernbedienung, und das Bild verschwand. Stattdessen war nun eine andere Aufnahme aus dem Weltall zu sehen. Bis auf ein paar blassbraune Lichtstrahlen war das Bild völlig dunkel.

»So«, sagte sie. »Und jetzt verändern wir unseren Blickwinkel.« Sie deutete auf die Mitte der Strahlen, in der sich ein winzig kleiner blasser Punkt befand.

Einige aus der Klasse kniffen die Augen zu und beugten sich vor, um besser sehen zu können.

»Das sind wir«, sagte Mrs Turton. »Das ist die Erde.«

Justin Maloney lehnte sich so weit vor, dass er seine Bücher und Ordner vom Tisch fegte. Linierte Schreibblätter flatterten auf den Boden.

»Dieses Foto«, erklärte Mrs Turton, »wurde erst in jüngster Zeit aufgenommen, aus fast fünf Milliarden Kilometern Entfernung.« Ihr

Finger verharrte auf dem kleinen Punkt. »Das, meine Freunde«, fuhr sie fort, »ist euer Zuhause. Hier lebt ihr, das ist euer Platz im Sonnensystem. Euer Leben und das Leben aller Menschen, die euch je begegnen, entfaltet sich auf diesem kleinen Punkt, den der berühmte Astronom Carl Sagan einst als *Staubkorn in einem Sonnenstrahl* beschrieb.«

Ich dachte über ihre Worte nach. Hier war ich, einer von sieben Milliarden Menschen. Und der Mensch war wiederum nur eine von zehn Millionen Spezies. Und diese zehn Millionen Spezies waren nur ein winziger Bruchteil gemessen an allen Spezies, die je existiert haben. Trotzdem passte alles auf dieses braune Staubkorn. Ein Staubkorn, das im Nichts schwebte. Lebloses, einsames Nichts.

Bei dem Gedanken überkam mich eine leichte Panik, und mir wurde flau im Magen.

Das Foto aus dem Jahr 1968 gefiel mir besser. Damals waren wir noch von Bedeutung. Ich wünschte, wir hätten das Weltall nicht weiter erforscht und uns nicht vom Rand unseres Sonnensystems aus betrachtet. Ich wünschte, wir hätten uns nicht als Staubkorn gesehen, umgeben von einem endlosen Nichts, in dem wir fast unsichtbar waren.

»Gedankenfutter«, sagte Mrs Turton und schaltete den Bildschirm aus. »Und jetzt zurück zu unserem Unterrichtsstoff. Heute, meine lieben Siebtklässler, werdet ihr zum ersten Mal im Schullabor arbeiten. In einem Labor werden die Menschen zu Forschern. Es ist der Ort, an dem Wissenschaftler die Grenzen unserer Erkenntnis erweitern. Wir beginnen unserer Forschungen, indem wir Teichwasser aus unserer Umgebung untersuchen.«

Ich wusste, was Labore sind, und ich wusste, dass wir in diesem Jahr Zellen und andere Lebenssysteme untersuchen würden. Gegen Ende des Schuljahrs würden wir sogar einen Regenwurm sezieren.

»Eure erste Aufgabe besteht darin, euch einen Laborpartner auszuwählen«, sagte Mrs Turton. »Überlegt euch gut, mit wem ihr zusammenarbeiten wollt, denn ihr werdet für den Rest des Schuljahrs ein Team sein. Bildet also Zweiergruppen, bitte.«

Dylan schnappte sich einen Jungen namens Kevin O'Connor, der den Ruf hatte, hübsch, aber nicht sonderlich nett zu sein. Einen Moment lang sah es so aus, als würde die Neue, Sarah Johnston, zu mir kommen. Sie blickte in meine Richtung, und ich könnte schwören, dass sie sogar lächelte, daher schöpfte ich ein bisschen Hoffnung. Aber dann hakte Aubrey sie unter, und ich stand wieder alleine da. Ich kam mir total dumm vor, weil alle anderen sich mit ihren Freunden zusammentaten. Zum Schluss blieb nur noch ein Einziger übrig.

Und das war Justin Maloney.

Ich seufzte. Wenn Justin etwas gut konnte, dann Chaos stiften. Einmal hatte er sich in der Mittagspause ein Stück Butter geschnappt, sein T-Shirt hochgehoben und sich die Butter auf den Bauch geschmiert. Dann hatte er Anlauf genommen und einen Hechtsprung gemacht, weil er auf dem Bauch den Gang entlangrutschen wollte. Stattdessen war er mit einem Bauchklatscher auf dem Boden gelandet und hatte sich fürchterlich die Haut abgeschürft. Den Rest des Tages verbrachte er damit, sein T-Shirt hochzuhalten, damit seine Haut nicht so brannte.

Während Mrs Turton uns die Aufgaben erläuterte – wir sollten Teichwasser und Leitungswasser miteinander vergleichen und den jeweiligen pH-Wert bestimmen –, sahen Justin und ich uns an.

Er hatte eine Stoppuhr um den Hals hängen, und sein Haar war so kurz geschoren, dass nur noch ganz kurze Stoppel zu sehen waren.

»Hey, Suzy«, sagte er. »Sieht aus, als wären wir Partner.«

Als ich schwieg, blickte er zu Boden. »Ähm, okay, dann hole ich mal das Teichwasser, wenn du einverstanden bist.«

Ich zuckte mit den Schultern.

Als er das Wasser in ein Glasgefäß goss, verschüttete er das meiste. Ich füllte Leitungswasser in ein zweites Gefäß, dann gingen wir gemeinsam in unsere Ecke.

Wir hatten uns gerade hingesetzt, als Justins Stoppuhr zu piepsen anfing. Er drückte auf den Knopf und holte ein kleines Plastikdöschen aus seiner Hosentasche hervor, in dem sich eine hellorange Tablette befand. Er blies ein paar Fusseln weg, steckte die Tablette in den Mund und schluckte sie hinunter ohne Wasser oder sonst etwas.

Dann sah er mich an. »Frühstück für Champions«, sagte er schulterzuckend. »Oder Mittagessen für Champions. Was auch immer.«

Als ich weiter schwieg, fügte er hinzu: »ADHS. Wenn ich die Dinger nicht nehme, geht's in meinem Kopf drunter und drüber.«

Ich war mir nicht sicher, ob er im Unterricht Medizin nehmen durfte, aber Justin hielt sich auch sonst nicht an Regeln.

Ich zuckte mit den Schultern und machte mich an die Arbeit. Nachdem wir eine Weile pH-Streifen ins Wasser getaucht und unsere Beobachtungen aufgeschrieben hatten, blickte Justin auf.

»Hör mal, Suzy«, sagte er. »Ich kann mir denken, dass ich vielleicht nicht deine erste Wahl als Laborpartner bin.«

Vielleicht?

»Aber ich werde es nicht versauen, okay?«

Ich suchte in seinem Gesicht nach Anzeichen von Sarkasmus, aber er meinte es offensichtlich ernst.

»Mit dem neuen Medikament geht es mir schon viel besser. Ich werde mich anstrengen, versprochen.«

Als ich nichts sagte, machte Justin sich weiter Notizen und sprach beim Schreiben lautlos die Worte mit.

Als ich am Ende der Stunde zur Tür hinausgehen wollte, hielt Mrs Turton mich auf. »Suzanne?«

Ich blieb stehen.

»Hast du schon ein Thema?«

Ich nickte.

»Tatsächlich?« Sie schien überrascht zu sein.

Ich nickte wieder, und diesmal blickte ich sie an.

»Das ist wunderbar, Suzanne. Wie lautet es?«

Auch für einen *Nichtsprecher* gibt es Momente, in denen man etwas sagen muss. Das war so ein Moment. Am besten sagt man so wenig wie möglich – manchmal kommt man mit einem einzigen Wort davon.

»Quallen«, murmelte ich.

Sie beugte sich zu mir, als wäre sie schwerhörig. »Wie bitte?«

Stirnrunzelnd wiederholte ich es etwas lauter: »Quallen.«

Ich hörte mich pampig an, und das tat mir auch leid. Aber wenn man sich einmal für das *Nichtsprechen* entschieden hat, ist es schwer, laut zu sprechen, und noch schwerer ist es, etwas zu wiederholen.

Mein patziger Ton schien ihr nichts auszumachen, denn ihre Miene hellte sich auf. »Das ist ein sehr spannendes Thema. Wir können viel über eine Spezies lernen – über den Lebensraum, die Nahrung, das Jagdverhalten, die Beziehung zu den Menschen. Melde dich bei mir, wenn du Material brauchst.«

Ich nickte und wollte weitergehen.

»Suzanne?«, hielt sie mich erneut auf.

Ich sah sie an.

»Du weißt, dass es sich um einen mündlichen Forschungsbericht handelt, oder?«

Ich wartete.

»Das bedeutet, du musst deine Ergebnisse vor der ganzen Klasse vorstellen. Du kannst sie vorlesen, wenn du willst, du musst sie nicht auswendig vortragen. Und ich helfe dir, falls du zuvor üben willst. Aber der mündliche Vortrag ist ein wichtiger Teil deiner Gesamtnote.« Sie blickte mich eindringlich an. »Verstehst du, was ich damit sagen will?«

Ich nickte. Wenn ich eine gute Note in Naturwissenschaften wollte, würde ich vor der ganzen Klasse sprechen müssen.

Wie man ein Versprechen macht

WIR SOLLEN UNS über Forschungsreisende informieren, stattdessen haben wir Haarbürsten in der Hand und tanzen durchs Zimmer.

Wir sind jetzt in der vierten Klasse, und da muss man Klassenarbeiten schreiben. In unserem nächsten Test sollen wir fünfzehn Personen nennen können, die dazu beigetragen haben, die Erde zu vermessen und eine Weltkarte anzulegen. Es fällt dir schwer, so viele Namen im Kopf zu behalten, deshalb habe ich mir ein paar Tricks ausgedacht.

Den Weltumsegler Magellan merken wir uns mit der Eselsbrücke Ma-jelly, weil er wie eine Jelly-Belly-Bohne durch die Welt gekullert ist. Hernando de Soto, der erste Europäer, der den Südosten der heutigen USA erforscht hat, wird zu Hernando de Soda. Es war so heiß im Süden, dass er Soda-Wasser trinken musste. Den Wikinger Erik der Rote, der die erste Siedlung in Grönland gegründet hat, merken wir uns, indem wir ihn uns als farbenblind vorstellen. Er wollte das entdeckte Land nach sich selbst benennen, hat aber die Farben durcheinandergebracht und es aus Versehen »Grünland« getauft. Bei Kapitän James Cook, der nach Australien gesegelt ist, denken wir an einen Koch in einem Restaurant, in dem nur Koalas und Kängurus bedient werden.

Danach haben wir eine Pause eingelegt. Jetzt hüpfen wir durchs Zimmer, springen aufs Bett und tun, als wären wir Rockstars auf einer Bühne.

Ich recke meine Nase hoch in die Luft und winke huldvoll wie eine Prinzessin.

»Du siehst aus wie Aubrey«, sagst du zu mir, und ich verziehe das Gesicht.

Gestern auf dem Spielplatz hat Aubrey behauptet, sie sei das beliebteste Mädchen der vierten Klasse. Ist sie vielleicht auch. Wenn es um Beliebtheit geht, kommt es oft mehr auf gutes Aussehen an und nicht darauf, ob jemand dich nett findet. Aber das ist eigentlich nicht richtig.

Ich winke trotzdem weiter und ahme dabei Aubrey nach. »Ich bin das beliebteste Mädchen auf der ganzen Welt.«

»Igitt«, sagst du. »Erschieß mich bitte, falls ich jemals so werden sollte.«

Ich höre auf zu winken. »Ich würde dich niemals erschießen.«

»Aber du unternimmst etwas dagegen, ja?«

»Du wirst nie wie Aubrey sein«, sage ich.

»Ja, aber nur für den Fall. Wir müssen ein Zeichen vereinbaren. Einen Geheimcode.«

»Einen Geheimcode?« Ich stelle mir vor, wie ich ein riesiges Schild hochhalte, auf dem geschrieben steht: BENIMM DICH NICHT SO!

»Keine Ahnung, irgendwas. Irgendwas Großes. Etwas, das garantiert meine Aufmerksamkeit erregt.«

Ich zucke mit den Schultern. »Okay.«

»Es muss ein Knaller sein. Etwas, das mich aufrüttelt.«

Ich denke eine Weile darüber nach. Ich weiß nicht genau, was du meinst, aber das mit dem Geheimcode gefällt mir, also sage ich: »Klar, geht in Ordnung.«

Als das Lied zu Ende ist, sprichst du in dein Bürstenmikrofon: »Darf ich vorstellen ... das großartige ... Miss Wuschel!!!«

Ich rümpfe die Nase. »Miss Wuschel?«

»Ja«, sagst du. »Wegen deiner Haare.« Du drückst Play, *und dann erklingt mein absolutes Lieblingslied. Meine Mutter hat es mir früher ganz oft vorgespielt. In dem Lied geht es darum, inmitten von zehn Millionen Glühwürmchen aufzuwachen, was einfach wunderschön sein muss. Zehn Millionen Glühwürmchen, die aufleuchten und meinen Kopf umschwirren, als wären alle Sterne des Himmels von weit her gekommen, um mir Hallo zu sagen.*

»Ich liebe diesen Song!«, rufe ich.

»Weiß ich doch, Dummie«, antwortest du.

Ich hüpfe aufs Bett und singe die Worte laut Richtung Zimmerdecke. »I'd like to make myself belieeeeeve that planet earth turns slowly ...«

Du steigst zu mir auf Bett. Ich mache für dich Platz und rufe: »Ladys und Gentlemen, begrüßen Sie mit mir das ... Erdbeermädchen.«

»Erdbeermädchen?«

»Ja, wegen deiner Haare. Die sind erdbeerblond.«

»Ohhh, das gefällt mir!«

Dann singst du in dein Bürstenmikrofon. »Cause everything is never as it seems ...« Du hast einen Arm ausgestreckt und das Kinn erhoben. Deine Augen sind fast geschlossen, und du lächelst.

Du siehst so glücklich aus.

»Wenn alles klappt und Mom dieses große Haus in der Laura Lane Street verkauft, will sie uns ins House of Gasho einladen.« Das House of Gasho ist ein Restaurant, wo der Koch das Essen direkt am Tisch zubereitet.

»Cool«, sagst du und bewegst dich weiter im Takt.

Es klopft an der Tür, und bevor du vom Bett hüpfen kannst, streckt deine Mutter schon den Kopf ins Zimmer.

»Mädchen ...« Ihre Stimme klingt streng, aber ihr Gesicht sieht so aus, als würde sie ein Schmunzeln unterdrücken. »Habt ihr keine Hausaufgaben zu erledigen?«

»Wir machen Pause«, antwortest du und stehst immer noch wie ein Rockstar über die Haarbürste gebeugt da.

»Tja«, sagt deine Mom, und jetzt lächelt sie tatsächlich. »Dann solltet ihr vielleicht eine Pause von der Pause machen.«

»Okay«, sagst du.

»Okay«, sage ich.

Sie zwinkert uns zu und schließt die Tür hinter sich.

Wir machen die Musik aus, und dann sind wir wieder Franny und Suzy, zwei ganz normale Mädchen, und keine Rockstars mehr. Wir nehmen unsere Schulbücher und kehren zurück zu Ma-Jelly, de Soda und Kapitän James Cook mit seinem Restaurant für Kängurus.

Experten Nr. 2 und Nr. 3

ICH HÄTTE NIE GEDACHT, dass so viele Leute ihre Leben damit verbringen, über Quallen nachzudenken. Und das sind nicht nur Biologen. Ingenieure der NASA erforschen die Antriebsmechanismen von Quallen. Künstler stellen riesige Quallen-Marionetten auf, die den Nachthimmel in ein Meer verwandeln. Es gibt Forscher, die sich mit der Anatomie der Quallen beschäftigen. Mit der Ökologie. Der Evolution.

Zu einigen von ihnen machte ich mir Notizen. Ich schrieb die wichtigsten Fakten auf, dann faltete ich die Blätter zusammen und steckte sie hinten in mein Biologieheft.

Als ich sie vor einer unserer Stunden im Schullabor durchblätterte, spähte Justin über meine Schulter. »Was ist das?«

Rasch steckte ich sie zurück in mein Heft und schlug es zu.

»Oh«, sagte Justin erschrocken. »Tut mir leid. Ich wollte nicht neugierig sein. Ich habe nur –« Dann fing er an zu lachen. »Keine Ahnung, ich dachte, es sind FBI-Unterlagen oder so. Bist du vielleicht ein Undercover-Agent?«

Ich starrte ihn an.

»Agent Swanson«, sagte er und salutierte. »Melde mich zum Dienst ...«

Was sollte ich darauf denn erwidern? Selbst wenn ich gewollt hätte, konnte ich ihm keine Antwort geben, denn ich hatte den passenden Forscher immer noch nicht gefunden.

Es musste jemand sein, der sich mit Quallenstichen auskannte.

Möglicher Experte Nr. 2

DIANA NYAD, LANGSTRECKENSCHWIMMERIN

64 Jahre alt, aber kein bisschen großmütterlich. Tatsächlich sieht sie aus, als könnte sie einem Profiboxer einen Kinnhaken verpassen und unbeschadet davonkommen.
Kurze Haare. Sehr, sehr muskulös.
Hat dreimal versucht, von Kuba nach Florida zu schwimmen.
Musste dreimal aufgeben, weil sie von einer Qualle gestochen wurde.
Es gibt Fotos von ihr im Internet. Ihr Gesicht ist voller Blasen und so geschwollen, dass man sie nicht wiedererkennt.
Trainiert in der Karibik für einen vierten Versuch und schwimmt bis zu zwanzig Stunden am Tag.

VORTEILE:
Hat Erfahrung mit Quallenstichen aus erster Hand.
Sieht knallhart aus. So richtig, richtig knallhart.
Die Unterstützung von jemandem, der so knallhart ist, könnte von Vorteil sein.

NACHTEILE:
Zwanzig Stunden am Tag? So ein vollgestopfter Zeitplan macht ein Gespräch schwierig.
Nach dem Schwimmtraining hat sie nur noch vier Stunden pro Tag für alles andere. Wann soll sie Zeit finden, um mir zu helfen?
Will ich wirklich wissen, wie sich ein Quallenstich anfühlt?
Ist zwar knallhart, aber ist sie auch nett?

FAZIT:
Kommt vorerst nicht in die engere Wahl. Ehrlich gesagt finde ich diese Frau zum Fürchten. Werde sie aber im Auge behalten. Interessanter Fall.

Möglicher Experte Nr. 3

ANGEL YANAGIHARA, BIOCHEMIKERIN AUF HAWAII

Ist als junge Frau von einer Würfelqualle gestochen worden, die mit der Irukandji verwandt ist. Hat es gerade noch bis zur Küste geschafft, bevor sie das Bewusstsein verlor. Hat Glück, noch am Leben zu sein. Danach wurde sie Wissenschaftlerin und hat das erste Gegengift für einen Quallenstich entwickelt. Derzeit hilft sie Diana Nyad bei ihrem Vorhaben, von Kuba nach Florida zu schwimmen. Sie will dafür sorgen, dass der 64-jährigen Schwimmerin diesmal keine Qualle einen Strich durch die Rechnung macht.
Langes, glattes blondes Haar. Fast erdbeerblond.

VORTEILE:
Die Würfelqualle ähnelt der Irukandji.
Die Frau weiß alles über Stiche.
Hat eigenhändig ein Gegengift entwickelt.
Versteht es, etwas wieder in Ordnung zu bringen und Dinge zurechtzurücken.
Ist sehr hübsch. Lange blonde Haare und strahlende Augen.
Erinnert mich ein bisschen an Franny.
Das ist vielleicht ein gutes Zeichen.

NACHTEILE:
??

FAZIT:
Vielleicht ist sie ja die Richtige? Weitere Nachforschungen nötig.

Ich konnte nicht aufhören, ihr Foto anzustarren. Sie hatte lange, glatte blonde Haare, fast so wie Franny. Sie wusste alles, was man wissen musste, um mir weiterzuhelfen.

Sie war geradezu perfekt. Fast hätte ich sie ausgewählt. Ganz ehrlich, ich war wirklich kurz davor.

Aber dann stieß ich im Internet auf ein Video. Es war ein Ausschnitt aus einem Beitrag einer Nachrichtensendung über Angel Yanagiharas Arbeit. In dem Video spritzte sie einer Maus das Gift einer Würfelqualle – also das gleiche Gift, dem auch sie ausgesetzt gewesen war. Sie schnallte die Maus mit dem Bauch nach oben auf den Labortisch, rasierte ihr das Fell ab und beobachtete auf einem Bildschirm, wie die Maus um ihr Leben rang. Dabei zuckte Angel nicht ein einziges Mal mit der Wimper.

Ich wusste, wie es ist, wenn man jemandem Schmerzen zufügte und dann danebenstand und zusah. Ich habe es selbst schon getan.

Es spielte keine Rolle, dass Angel Yanagihara es für eine gute Sache getan und der Maus im letzten Augenblick noch ein Gegenmittel verabreicht hatte. Ich wollte mit dieser Frau nichts zu tun haben.

Sie erinnerte mich nicht an Franny. Sie erinnerte mich an *mich*.

Da kam mir Jamie in den Sinn, und noch im selben Moment wusste ich, dass er der Richtige war.

Wie man etwas Wichtiges nicht sagt

ICH SITZE AM MORGEN IM SCHULBUS *und denke über ein Buch nach, das wir in der fünften Klasse gelesen haben. Es handelte von einem Hund, der nach einem Supermarkt benannt ist, und von einem Mädchen, das sich mit einer alten Dame anfreundet, die in ihrem Leben viel zu viel Alkohol getrunken hat. In dem Buch hängt die alte Dame leere Flaschen an einen Baum. Sie sollen sie an ihre Fehler erinnern. Wenn eine Brise weht, stoßen die Flaschen aneinander und klingen wie ein Windspiel. Das ist meine Lieblingsstelle in dem Buch – die baumelnden Flaschen mit den schrecklichen Erinnerungen, die trotzdem wie Musik klingen, wenn sie aneinanderstoßen.*

Ich habe jetzt meine eigene schreckliche Erinnerung, von der du noch gar nichts weißt: Meine Mom und mein Dad haben mir erzählt, dass sie sich scheiden lassen.

Sie haben es mir beim Abendessen im Elmer Suds Pub gesagt, wo es Pommes-Spiralen gibt und die Tische so hoch sind, dass man auf Barhocker klettern muss. Mom hat Dad bei der Suche nach einer neuen Wohnung geholfen. »Das ist der Vorteil, wenn man eine Maklerin ist«, hat sie gemeint, und dann haben beide gelacht, was ich ehrlich gesagt seltsam finde.

Demnächst werde ich also ein Scheidungskind sein.

Schlimm genug, dass Aaron nicht mehr zu Hause wohnt. Er ist jetzt auf dem College und erlebt dort jede Menge Abenteuer ohne uns. Es ist, als hätte die Einsamkeit, die er zurückgelassen hat, unsere Familie in zwei Hälften zerschlagen.

Ich will es dir unbedingt sagen. Es ist die größte Neuigkeit, die ich je zu erzählen hatte. Aber ich finde einfach nicht die richtigen Worte.

Du steigst in den Bus und kommst zu mir, zu unserem Stammplatz, wo wir immer sitzen. Und ich denke: Vielleicht heute. Vielleicht ist heute der richtige Zeitpunkt.

Aber als du dich neben mich setzt, funkeln deine Augen, und du siehst aus, als wolltest du mit mir über etwas reden. Du sagst nicht einmal Hallo, sondern flüsterst: »Wen magst du?«

Ich weiß nicht, was ich sagen soll. Es ist nicht das, worüber ich mit dir reden will, und überhaupt gibt es da mehrere Antworten. Ich mag Peanuts. Ich mag dich. Ich mag Aaron. Ich mag Mom und Dad, auch wenn ich sauer auf sie bin, weil sie sich scheiden lassen. Ich mag den Specht, der an den Baum vor meinem Fenster klopft. Ich mag den Mond, wenn er eine schmale Sichel ist und wie ein zugekniffenes Auge in einem Cartoon aussieht. Dann stelle ich mir immer vor, dass der Himmel mir zuzwinkert.

»Was?«

»Jungs, meine ich. Wen magst du?«

Ich rümpfe die Nase und antworte: »Niemanden.« Das ist das, was Mädchen immer sagen, wenn sie nicht verraten wollen, wen sie mögen. Aber in meinem Fall stimmt es wirklich. Ich mag niemanden, zumindest nicht in diesem speziellen Sinn.

Du siehst mich stirnrunzelnd an, und ich spüre, wie die Gelegenheit, dir von meinen Eltern zu erzählen, dahinschwindet.

»Irgendjemanden musst du mögen«, sagst du. »Bald sind wir in der Mittelstufe.«

Ich drehe und wende die Worte in meinem Kopf hin und her. Muss ich wirklich?

Es gibt Dinge, die muss ich tun, das weiß ich. Ich muss essen. Ich muss Wasser trinken. Ich muss atmen. Bei allem anderen kann man nicht wirklich von müssen *sprechen. Das gilt auch für alles, was Mom von mir will – wie zum Beispiel den Tisch abräumen oder häufiger duschen, jetzt, da ich älter werde.*

Laut sage ich das natürlich nicht. Du würdest nur die Augen verdrehen. Das hast du dir in letzter Zeit angewöhnt. Ich finde es grässlich.

Hinten im Bus höre ich Jungs lachen. So lachen sie nur, wenn sie in einer größeren Gruppe unterwegs sind.

»Und wen magst du?«, frage ich dich. Es klingt vorwurfsvoll.

»Ich mag Dylan«, sagst du und wirst rot.

Deine Antwort haut mich um. »Dylan???«, flüstere ich. »Dylan Parker?«

Dein Gesicht wird noch röter. »Ja, Dylan Parker.«

»Das meinst du doch nicht ernst.« Okay, das ist nicht sehr nett, aber immerhin geht es um Dylan Parker. Niemand muss nett sein, wenn es um Dylan Parker geht, er selbst ist es ja auch nicht.

Du zuckst mit den Schultern, wie um dich zu entschuldigen. »Ich finde ihn süß.«

Da wird mir eines klar: Alles verändert sich. Alles verknotet sich, und das ist richtig schlimm.

Ich denke an meine Haare und daran, wie viel Mühe es jeden Morgen kostet, sie zu entwirren. Zahllose Stunden meines Lebens habe ich damit verbracht, Knoten auszubürsten. Egal wie behutsam ich die einzelnen Strähnen zu trennen versuche, die Knoten werden immer fester und fester. Die einzelnen Haare verfilzen ganz schrecklich, bis man sie überhaupt nicht mehr auseinanderkriegt. Manchmal bleibt nichts anderes übrig, als eine Schere zu nehmen und die Knoten abzuschneiden.

Aber wie schneidet man einen Knoten ab, der aus Menschen besteht?

Alles läuft in die falsche Richtung, und das gefällt mir nicht.

Todesmutig

JAMIE IST GANZ ANDERS, ALS DU DENKST. Er ist nicht so, wie du dir den Helden einer Geschichte vorstellen würdest.

Das fängt schon damit an, dass er alt ist. Vielleicht nicht so alt wie Diana Nyad, aber ganz sicher so alt wie mein Dad, und der wird nächstes Jahr fünfzig.

Er und mein Dad ähneln sich sogar. Jamie hat Falten um die Augen und auf der Stirn. Sein Kinn verschwindet unter seinem Gesicht wie eine Schublade, die zu weit in die Kommode geschoben worden ist. Er hat schon jede Menge grauer Haare, und wenn er seinen »Stachelanzug« trägt – so nennt er den speziellen Taucheranzug, der ihn vor Quallenstichen schützen soll –, dann zeichnet sich sein Bauch ab, und er sieht aus wie ein Kleinkind in einem zu engen Schlafanzug.

Jamie – Dr. Jamie Seymour, Professor für Biologie – arbeitet in einem Labor an der James Cook Universität in Cairns. Das ist eine Stadt in Queensland, und das ist ein Staat in Australien, und das wiederum ist die größte Insel und der kleinste Kontinent der Welt.

In Australien hat man schon Spinnen gesehen, die Vögel fressen, Tausendfüßler, die Schlangen fressen, Schlangen, die Krokodile fressen, und Krokodile, die Kinder fressen. Es gibt dort Killerameisen, die über Menschen herfallen. Und Oktopusse, die mit ihrem Gift sechsundzwanzig Menschen töten können. Manche Vögel haben so schreckliche Klauen, dass sie manchmal einem Erwachsenen die Eingeweide herausreißen.

Man muss todesmutig sein, um in Australien zu leben.

Ich habe viele Videos von Jamie angesehen. Auf dem ersten Video ist er in ein Gewässer gesprungen, in dem es von tödlichen Quallen wimmelte – und damit meine ich Quallen, die ihn innerhalb von drei Minuten töten könnten.

Jamie ergriff eine dieser Quallen mit bloßen Händen. Drei Meter lange Tentakel peitschten durchs Wasser. Ganz beiläufig erzählte er dem Fernsehreporter, dass die Qualle, die er festhielt, genug Gift in sich trug, um fünfzehn Menschen zu töten.

Man konnte sehen, wie nervös der Reporter war. Er versuchte, ganz lässig zu lächeln, und riss einen Witz. Aber mir fiel auf, dass er sich zurücklehnte, um möglichst viel Abstand zwischen sich und das Tier zu bringen. Und in seinen Augen stand die Angst.

In einem anderen Video stieg Jamie erneut ins Wasser. Er steckte von Kopf bis Fuß in seinem Stachelanzug, nur eine kleine Partie seines Gesichts war ungeschützt. Aber mehr brauchte es nicht. Er kam mit der Qualle ganz leicht in Berührung, an der Unterlippe – wie der Kuss eines Tentakels, den er selbst kaum bemerkte.

Aber der Kuss kam von einer Irukandji.

Einer echten Irukandji.

Als es passierte, drehte Jamie gerade für eine Fernsehshow. Die Kameraleute hatten alles aufgenommen, und ich sah mir den Bericht über den Vorfall an.

Nachdem Jamie gestochen worden war, litt er zwei Tage lang Höllenschmerzen. Das sind fast dreitausend Minuten. Als ich das ausgerechnet hatte, versuchte ich, mich exakt sechzig Sekunden lang ganz fest zu kneifen.

Versuch das mal, und multipliziere es dann mit dreitausend, wenn du kannst, und selbst dann hast du nicht die leiseste Vorstellung davon, was Jamie durchgemacht hat. Er lag während dieser Zeit in einem Krankenhausbett und trug nur eine rote Badehose. Er schrie, rollte sich zusammen wie ein Ball und übergab sich. Er wusste, dass die Kameras alles filmten, und er ließ es zu.

Später sagte Jamie, er sei damals überzeugt gewesen, dass er sterben würde.

Er war nicht so wie Angel Yanagihara, die der Maus das Gift gegeben und dann mit kaltem Blick zugesehen hatte, wie das Tier mit dem Tod rang.

Er selbst war die Maus.

Das Verrückteste passierte, nachdem er das Krankenhaus wieder verlassen hatte. Sobald er sich wieder besser fühlte – also praktisch sofort –, stieg er erneut ins Wasser zu den Quallen. Einfach so. Er lachte und scherzte, als hätte es die zwei qualvollen Tage nie gegeben. Er schien nicht einmal sauer zu sein.

Das war einer der Gründe, warum er mir so gefiel. Er gefiel mir, weil er gestochen worden war und ihn das nicht verändert hatte.

Er hatte Sinn für Humor. Er war furchtlos. Er konnte vergeben.

Vor allem jedoch war Jamie selbst verrückt genug, um mich nicht für verrückt zu halten.

Jamie war der Richtige. Mit seiner Hilfe würde ich nachweisen, dass nichts *einfach so passierte*.

Und wenn er mir dabei helfen konnte, dann konnte er mir auch bei etwas anderem helfen.

Er konnte mir helfen, eine neues Ende zu schreiben, ein besseres Ende der Geschichte meiner Freundschaft mit Franny.

Ein Ende, bei dem ich zu den Guten gehörte und nicht zu den Bösen.

Teil Vier

VARIABLEN Wissenschaftler erforschen immer Ursache und Wirkung. Sie gehen der Frage nach, wie eine Veränderung an einer Stelle zu weiteren Veränderungen an ganz anderen Stellen führt. Aber Ursache und Wirkung sind nicht immer leicht zu bestimmen. Guten Forschungsstudien liegen klar umrissene Variablen zugrunde – unbestimmte, bestimmte und statistische Variablen. Sie helfen den Wissenschaftlern, die Veränderungen zu erkennen und die Ursachen zu ermitteln.

Mrs Turton

Blüten

DA IST NOCH ETWAS, was ich dir sagen möchte: Die Quallen sind dabei, die Herrschaft zu übernehmen.

Wusstest du das? Nicht sehr viele wissen darüber Bescheid. Es ist unser eigener Fehler, aber niemand interessiert sich dafür. Die Leute interessieren sich für alles Mögliche. Sie interessieren sich für Videos von Klavier spielenden Katzen oder für Filmschauspieler, die in der Reha sind, und sie wollen genau wissen, wer wem den Freund weggenommen hat. Sie interessieren sich für die verschiedenen Farbnuancen von Lidschatten und für Online-Spiele und dafür, aus welchem Winkel sie auf Fotos am besten aussehen.

Doch währenddessen. Weit draußen im Meer. Sind Quallenblüten auf dem Vormarsch.

Ist das nicht ein hübscher Begriff? *Quallenblüten.* Wie Gartenblumen, die im Sonnenlicht ihre Blätter öffnen.

Es gibt mehr Quallen als je zuvor. Zumindest behaupten manche Wissenschaftler das.

Die Menschen sind das eigentliche Problem. Wir holen zu viele Fische aus dem Meer, bringen sie zu Fabriken und machen Fischstäbchen und Frikadellen daraus. Wir füllen Supermarktregale damit und stapeln sie zu feuchten, glibberigen Haufen auf zerstoßenem Eis.

Und deswegen werden die Quallenblüten immer größer. Sie haben keine Futterkonkurrenten, denn da ist niemand mehr, der ihnen die Nahrung streitig machen könnte. Sie vermehren sich, rotten sich zu großen Gruppen zusammen und verschlingen alles.

Die Ozeane erwärmen sich und sind voller Chemikalien. Große Teile der Meere enthalten schon jetzt nicht mehr ausreichend Sauerstoff. Aber Quallen lieben warmes Wasser. Die Chemikalien machen ihnen nicht das Geringste aus, und sie haben immer genug Sauerstoff in ihren wässrigen Körpern.

Inzwischen gibt es so viele Quallen, dass bereits Kraftwerke geschlossen werden mussten, weil Hunderttausende dieser Tiere den Zugang zu den Kühlwassersystemen verstopften. Manche Quallen-Populationen wachsen so stark an, dass sie Tieren die Nahrung wegnehmen, an die man zunächst gar nicht denkt, wie zum Beispiel Pinguine in der Antarktis. Ein Wissenschaftler ist davon überzeugt, dass sie eines Tages sogar das Aussterben der Wale verschulden werden.

Aber abgesehen von ein paar Forschern weiß das niemand, niemand macht sich Gedanken, niemand spricht darüber. Eigentlich wäre es die Top-Nachricht, aber mal ehrlich, wann hast du das letzte Mal eine Qualle im Fernsehen gesehen?

Aber glaub mir, sie sind irgendwo da draußen.

Sie sind da draußen, genau in dieser Sekunde. Lautlos, endlos bewegen sie sich durch die dunklen Tiefen der See.

Wie man sich voneinander entfernt

ALLES VERÄNDERT SICH. *Angefangen hat es in dem Moment, als du mir erzählt hast, dass du Dylan Parker toll findest, und in den Sommerferien vor der sechsten Klasse war dann nichts mehr so wie früher.*

Als Erstes ist mir aufgefallen, wie du an deinen Klamotten zupfst. Du ziehst beispielsweise ein Kleid an, das ein bisschen zu kurz ist, aber das allein heißt ja noch nichts. Doch dann scheinst du den ganzen Tag über nur an das Kleid zu denken. Ich merke es daran, wie du andauernd an deinem Saum herumfummelst. Du zupfst und ziehst, als würdest du es inzwischen besser finden, wenn das Kleid die Knie bedeckt. Und du streichst es immer wieder glatt, obwohl das gar nichts bringt.

Dieses ständige Zupfen und Glätten bringt mich dazu, ebenfalls darüber nachzudenken, ob dein Kleid zu kurz ist oder nicht.

Das beunruhigt mich am allermeisten. Ich will nämlich nicht über dein Kleid nachdenken. Es gibt so viele Dinge, über die man nachdenken sollte. Wichtige Dinge.

Inzwischen sind Monate vergangen, und ich habe es dir immer noch nicht gesagt. Ich habe dir immer noch nicht das von meinen Eltern erzählt.

Ich will es ja, ich nehme es mir ganz fest vor. Ich möchte dich in Dads neue Wohnung einladen und dir seinen neuen Fernseher zeigen. Er ist riesengroß – Mom würde ihn garantiert als »reine Geldverschwendung« abtun. Ich möchte dir zeigen, wie Mom Dads Teil des Schranks mit ihren

Sachen in Beschlag genommen hat. Man könnte fast denken, es hätte seine Anzüge nie gegeben.

Aber jedes Mal, wenn ich ansetze, um es dir zu sagen, streichst du dein Kleid glatt oder blickst in den Spiegel. Du schaust in jeden Spiegel, egal wo und wann. Meistens fällt mir der Spiegel gar nicht auf, ich bemerke ihn erst, wenn du dich aus verschiedenen Winkeln darin betrachtest.

Sobald du in den Spiegel schaust, ist unser Gespräch beendet. Von einer Sekunde auf die andere.

»Ich hasse meine Haare«, sagst du dann und streichst ein paar Strähnen glatt. Ich kapiere nicht ganz, wieso deine Haare hassenswert sein sollen. Ich bin diejenige, deren Locken sich nicht glätten lassen, aber wenn es mir nichts ausmacht, dann gibt es für dich erst recht keinen Grund, dich über deine Haare aufzuregen.

Doch plötzlich stören dich nicht nur deine eigenen Haare, sondern auch meine.

»Weißt du was«, sagst du zu mir – weil du mir helfen willst –, »ich wette, mit den passenden Pflegeprodukten könnten deine Haare richtig süß aussehen.«

Süß. *Das Wort benutzt du jetzt ständig.*

»Oh mein Gott!«, sagst du dann zum Beispiel. »Ich habe die süßesten Chuck Taylors gesehen!«

»Wer ist Chuck Taylor?«, frage ich und stelle mir Zwillingsbabys in Strampelhosen vor, die sich so ähneln, dass man ihnen denselben Namen gegeben hat – der kleine Chuck 1 und der kleine Chuck 2.

»Nein, du Dummie«, sagst du und verdrehst die Augen. »Chuck Taylors sind supersüße Schuhe. Weißt du denn überhaupt nichts?«

Ich weiß sogar sehr viel. Ich weiß nur nichts über Chuck Taylors.

Ich weiß zum Beispiel, dass Zeit und Raum dasselbe sind und dass Ereignisse nicht aufeinander folgen, sondern gleichzeitig existieren. Das heißt, ich bin gerade erst geboren und ein Kind und eine alte Dame – ja, ich bin sogar mausetot und habe niemals existiert. Das alles ist möglich, und zwar jetzt in diesem Moment.

Und ich weiß noch mehr: Alles, was existiert, lässt sich auf winzig kleine, für uns nicht sichtbare Pünktchen zurückführen, die sich in einem unsichtbaren Feld bewegen wie Stiefel, die durch Schlamm stapfen und mit jedem Schritt etwas schwerer werden.

Und seit meine Eltern sich getrennt haben, frage ich mich, ob das auch mit mir passiert. Ob ich immer schwerer werde und alles Leichte verliere, je mehr ich mich durch die Welt bewege.

Jedenfalls scheinst du dich für das, was ich weiß, nicht zu interessieren. Nicht mehr. Früher wolltest du, dass ich dir andauernd etwas erzähle, aber jetzt dreht sich alles nur noch um Chuck Taylors und Kleiderlängen und um das, was du siehst, wenn du in den Spiegel schaust.

Was die Frage aufwirft: Wenn du dich nur für Dinge interessierst, die ich nicht verstehe, und nicht für die Dinge, die ich verstehe, worüber sollen wir uns dann noch unterhalten?

Ich kaufe auch keine »Produkte« für mein Haar.

Es hat nicht lange gedauert, da hast du etwas für mich gekauft – genauer gesagt hast du ein klebriges Haargel gekauft, das wie billiges Parfüm riecht. Du massierst das Zeug in meine Haare und föhnst sie dann trocken. Danach sind sie noch krauser – ich sehe aus, als hätte ich den Finger in die Steckdose gesteckt.

»Hm«, murmelst du und runzelst dabei die Stirn. »Deine Haare sind wirklich schrecklich.«

Am liebsten hätte ich geantwortet: Kann sein. Vielleicht sind meine Haare schrecklich, aber bisher hat mich das nie gestört.

Plötzlich muss ich daran denken, was du einmal zu mir gesagt hast.

»Erschieß mich bitte, falls ich jemals so werden sollte«, hast du gesagt.

»Wir müssen ein Zeichen vereinbaren. Einen Geheimcode«, hast du gesagt.

»Irgendetwas Großes«, hast du gesagt.

Aber ich weiß nicht, welches Zeichen das richtige ist. Ich weiß nicht, welches Zeichen dir sagt: Bitte interessiere dich wieder für die Dinge, für die auch ich mich interessiere.

Ich weiß nicht, wie ich dir sagen soll: Früher habe ich mich gemocht, wenn ich mit dir zusammen war, jetzt fange ich an zu zweifeln.

Ich weiß nicht, wie ich dir sagen soll: Bitte, bitte ändere dich nicht auch noch, wo sich schon so vieles andere verändert hat.

Also sage ich gar nichts. Ich lasse zu, dass du mir ein neues Produkt in meine wirren Haare schmierst, sodass ich aussehe, als hätte ich meinen Kopf mit einem Topf Vaseline zugekleistert. Sobald du nach Hause gegangen bist, stelle ich mich unter die Dusche. Mein Kopf ist glitschig und glibberig, und ich versuche, alles wieder abzuwaschen.

Etwa um dieselbe Zeit kommt Aaron zum Abendessen nach Hause. Er bringt seinen neuen Freund Rocco mit. Mom macht für uns alle Ofenkartoffeln und setzt ein Dauerlächeln auf. Sie tut so, als hätte Aaron Elvis Presley mit nach Hause gebracht. Als wäre dieser Freund etwas Besonderes und ganz anders als Aarons sonstige Freunde, die bisher bei uns zu Abend gegessen haben.

Beim Essen erzähle ich ihnen von dir. Ich beschreibe ihnen, wie du in den Spiegel schaust und dass ich nicht mehr weiß, worüber wir reden sollen.

»Ach, das ist nur eine Phase, die alle Mädchen durchmachen«, sagt Mom und wedelt mit der Hand. Sie lacht etwas zu laut; dann steht sie auf und räumt die Teller ab.

Aaron sieht mich aufmerksam an. »Kann gut sein«, sagt er. »Ich hoffe es. Aber ich muss dich warnen, Schwesterherz. Dir stehen ein paar schwierige Jahre bevor.«

Er blickt Rocco an, der seinen Kopf schüttelt. »Mittelstufe«, murmelt Rocco als Antwort. »Für nichts auf der Welt würde ich dorthin zurückwollen.«

Ein Klick, dann Stille

ICH BESCHLOSS, JAMIE EINE E-MAIL ZU SCHREIBEN. Eine Weile saß ich nur da und blickte auf den blinkenden Cursor, bis mir irgendwann mein Hintern wehtat von dem vielen Sitzen.

Am besten schrieb ich meine Gedanken zuerst auf ein Blatt Papier. Aber ich fand trotzdem nicht die richtigen Worte und strich das, was ich geschrieben hatte, immer wieder durch.

Zuerst versuchte ich es förmlich:

Lieber Mr Seymour,
Lieber Dr. Seymour,

Das hörte sich irgendwie falsch an. Es durfte nicht so steif klingen.

Lieber Jamie,
herzliche Grüße! Sie kennen mich nicht, aber …

Ich versuchte, den Anfang sehr höflich zu formulieren:

Ich schreibe Ihnen in einer Angelegenheit, bei der ich
~~Ihre Hilfe brauche~~ ~~auf Ihre Erfahrung angewiesen~~ Sie um
Ihre Einschätzung bitte.

Ich beschloss, mit der Tür ins Haus zu fallen:

Jamie, ich brauche Ihre Hilfe.

Ich probierte alles Mögliche, aber die richtigen Worte wollten mir einfach nicht einfallen. Ich legte den Stift weg und rief noch einmal das Video auf, in dem zu sehen war, wie er von einer Irukandji gestochen wurde.

Ich beschloss, zuerst einmal die Hintergründe zu erklären.

Meine ~~Freundin~~ Klassenkameradin ist kürzlich ~~gestorben umgekommen~~ ertrunken. Die Sache ist die: Sie war eine ~~echt tolle~~ hervorragende Schwimmerin. Sie starb im August in Maryland. Es ist schwer vorstellbar, dass sie tatsächlich ertrunken ist. Sie war wirklich eine sehr, sehr gute Schwimmerin. Außerdem habe ich ~~entdeckt herausgefunden~~ gelesen, dass an der Küste von Maryland kein hoher Wellengang herrscht.

Dann wollte ich ihm beweisen, wie viel ich bereits auf eigene Faust herausgefunden hatte:

Kürzlich habe ich gelesen, dass die Quallenblüten sich auf der ganzen Welt ausbreiten und dass insbesondere die Irukandji – von der auch Sie gestochen wurden (hoffentlich ist der Gedanke daran nicht allzu ~~schmerzlich~~ unangenehm für Sie) – zunehmend den gesamten Globus erobert. Ursprünglich gingen die ~~Leute~~ Experten davon aus, dass die Irukandji vor Australiens Küsten lebt, also ganz in Ihrer Nähe. Ist Ihnen bekannt, dass man sie bereits vor etwa ~~zehn Jahren~~ einem Jahrzehnt auch in Florida entdeckt hat, nachdem mehrere Taucher Symptome zeigten, die auf einen Stich der Irukandji hindeuteten? Zu diesem Thema gibt es verschiedene Veröffentlichungen in ~~Magazinen~~ medizinischen Fachzeitschriften. Ich habe einen Artikel online gelesen, und wenn Sie ~~wollen~~ Interesse daran haben, kann ich Ihnen ~~diesen Artikel~~ den Link gerne zusenden.

Ich versuchte, Fragen zu stellen:

> Ich habe mir Folgendes überlegt: Was, wenn meine ~~Freundin~~ Klassenkameradin von einer Qualle gestochen ~~war~~ ~~wurde~~ worden ist? Wäre das eindeutig erkennbar gewesen? Würde man überhaupt auf die Idee kommen, diese Todesart in Betracht zu ziehen?
> Gibt es denn irgendeine Möglichkeit zu beweisen, dass der Stich einer Irukandji nicht die Todesursache war? Lässt sich das überhaupt mit Sicherheit sagen?
> Und wie kann man gegebenenfalls verhindern, dass sich so etwas wiederholt?

Als ich das Video so oft angeschaut hatte, dass ich es schon auswendig kannte, beschloss ich, es auf eine andere Weise zu versuchen.

Ich wartete, bis meine Mutter schlafen gegangen war.

Es war schon spät. Fast Mitternacht.

Aber zwischen Cairns, Australien, und South Grove, Massachusetts, lagen fünfzehn Stunden Zeitunterschied. In Cairns war es jetzt früher Nachmittag. Für die Menschen dort war es schon der nächste Tag.

Ich wählte die Nummer, die auf der Website der Universität angegeben war. Das Telefon klingelte, und ich hörte eine steife Frauenstimme sagen: »James Cook Zentrum für Biodiversität, was kann ich für Sie tun?«

Ich öffnete den Mund, um zu sprechen, aber es kam kein Ton heraus.

Frag einfach nach Jamie, sagte ich zu mir. Ich kniff die Augen zusammen. *Frag einfach.*

Aber ich wusste genau, wie ihre nächste Frage lauten würde. *Worum geht es denn?*, würde sie von mir wissen wollen. Oder: *Darf ich nach dem Zweck des Anrufs fragen?*

Und ich wusste nicht, was ich darauf antworten sollte.

»Hallo?«, fragte sie. »Wer ist bitte am Apparat?«

Ich drückte das Telefon an mein Ohr. *Ich brauche Jamies Unterstützung,* dachte ich. *Ich möchte, dass er mir hilft. Es geht um meine Freundin. Meine tote Freundin und Nichtfreundin. Ich brauche seine Hilfe, damit alles einen Sinn ergibt. Ich brauche seine Hilfe, um zu beweisen, dass solche Dinge nicht einfach passieren, sondern einen Grund haben.*

Ich möchte, dass er wieder Ordnung in mein Leben bringt.

»Hallo? Hallo?«

In Filmen hört man immer ein Tuten, sobald jemand aufgelegt hat. Im echten Leben macht es nur *Klick!*, dann herrscht Stille. Bei einem Handy hört man vielleicht einen kurzen Piepton, und es erscheint die Meldung, dass das Gespräch beendet wurde. Aber wenn man kurz vor Mitternacht zu Hause im Wohnzimmer sitzt, hört man nur ein kurzes Klicken am anderen Ende der Leitung.

Vielleicht noch das Gluckern, wenn die Heizung im Keller anspringt. Danach herrscht Stille. Absolute Stille.

Die richtigen Worte zu finden war noch nie meine Stärke gewesen.

Wie man alles falsch macht

ALS WIR IN DIE SECHSTE KLASSE KOMMEN, *ist nichts mehr so wie früher.*

Erstens ist unsere neue Schule, die Eugene Field Memorial Middle School, viel größer als unsere alte. Von drei unterschiedlichen Grundschulen werden Schüler hierhergeschickt. Folglich trifft man auf sehr viele unbekannte Gesichter. Und das riesige Gebäude besteht aus vielen verschiedenen Flügeln – da ist der Trakt für die Sechstklässler, für die Siebtklässler, die Achtklässler, dann der Trakt mit den Kunsträumen, der mit den Physiksälen ... Ständig verlaufe ich mich oder lande in einem Pulk von Schülern, die viel älter sind als ich.

Und dann sind da noch die Spinde. Im Jahr davor hatten wir noch Regalfächer aus Holz, sie waren offen und alles darin für jeden sichtbar. Jetzt haben wir kalte Metallspinde, deren Schlösser nur mit Zahlenkombinationen zu öffnen sind. Und alle unsere Sachen liegen im dusteren Inneren, so als hätten wir etwas zu verbergen.

Die Spinde reihen sich endlos aneinander, in jedem Gang, in jedem Seitenflügel. Nachts träume ich davon, dass ich die Schulflure entlanggehe und sie nie ein Ende nehmen.

In der neuen Schule sind alle so misstrauisch. Die Schüler werfen sich gegenseitig verstohlene Blicke zu und bilden Grüppchen. Die hübsche dunkelhaarige Aubrey sitzt jetzt neben einem hübschen blonden Mädchen namens Molly, und die beiden umgeben sich wiederum mit anderen hübschen Mädchen – mit Anna und Jenna und noch einigen anderen. Ein paar von ihnen kenne ich noch aus der Grundschule, andere nicht. Es ist mir unan-

genehm, an ihnen vorbeizugehen, wenn sie vor den Spinden stehen und die Köpfe zusammenstecken. Ihre Haare sind so glatt, als wüssten sie ganz genau, welche Produkte sie benutzen müssen. Neben ihnen komme ich mir mit meiner wilden Mähne nur noch zerzauster vor. Als würde ich einer völlig anderen Spezies angehören.

Anfang des Jahres sind wenigstens die Mittagspausen noch so wie im Jahr davor. Du und ich, wir sitzen zusammen und teilen unsere Snacks – und alles ist so einfach.

Aber irgendwann verändern sich die Dinge. Zuerst fällt es mir gar nicht auf.

Tag für Tag setze ich mich an unseren üblichen Tisch, esse mein Käsesandwich und warte, während du dir eine Milch kaufst. Doch die Wartezeit wird immer länger, denn statt direkt zu unserem Tisch zu kommen, trödelst du herum. Du redest mit Leuten – Leute, die ich nicht kenne – und lässt dir sehr viel Zeit. Und du redest nicht nur mit anderen, du winkelst auch deine Hüfte so an, als würdest du darauf warten, dass Dylan vorbeiläuft. Und jeden Tag scheinst du ein wenig länger zu brauchen.

Eines Tages scherst du bereits nach kurzer Zeit aus der Warteschlange aus, und ich denke, du kommst zu unserem Tisch. Aber das tust du nicht. Stattdessen gesellst du dich zu anderen Mädchen an einen anderen Tisch. Und nicht zu irgendwelchen Mädchen: Du setzt dich zu Aubrey und Molly und Jenna und Anna. Sie lächeln dich an, als wäre es das Normalste auf der Welt, dass du an ihrem Tisch sitzt.

Unsere Blicke treffen sich quer durch den Raum. Stirnrunzelnd hebe ich die Hände. Zuerst blickst du weg. Aber als ich dich hartnäckig weiter anstarre, schaust du wieder zu mir. Du lächelst und winkst mich zu euch an den Tisch.

Als ob ich mich je zu dieser Clique setzen würde.

Mit finsterem Blick starre ich auf mein Sandwich. Eine Pausenaufsicht schlendert an mir vorbei und sagt: »Pass auf, sonst erstarrt dein Gesicht für immer zu einer Grimasse.«

Am Abend erkläre ich Mom, dass ich mir in Zukunft mein Mittagessen in der Cafeteria kaufen möchte. Dann kann ich mich direkt neben dich stellen, wenn du dir deine Milch holst.

Nachdem wir am darauffolgenden Tag an der Kasse bezahlt haben, sage ich »Komm mit« und ziehe dich zu unserem Tisch.

Du kommst mit und setzt dich zu mir, und wir sind wieder zu zweit, genau wie es sein soll. Allerdings bist du sehr schweigsam, und nachdem du gegessen hast, zerknüllst du dein Einwickelpapier und stehst auf, ohne mich auch nur einmal anzuschauen.

Ein paar Tage später verkündest du: »Ich sitze heute bei den anderen«, und deutest betont lässig mit dem Kopf Richtung Aubrey. Du sagst das in einem Tonfall, den meine Mutter als schnippisch bezeichnen würde. Nach ein paar Sekunden fügst du hinzu: »Kommt doch mit. Sie sind nett.« Diesmal klingt deine Stimme schon etwas freundlicher, vielleicht weil es dir ein bisschen leidtut.

Also trotte ich hinter dir her. Du setzt dich neben Jenna. Zwischen euch ist nicht viel Platz, aber ich schiebe trotzdem einen Stuhl dazwischen. Alle sagen zunächst kurz »Hi«, aber dann spricht kaum jemand ein Wort mehr mit mir.

Gegen Ende der Mittagspause holen alle Mädchen kleine runde Spiegel aus ihren Taschen. Sie tragen Lidschatten in den unterschiedlichsten Grün-, Blau- und Grautönen auf. Sie reden über Gesichtsform und Teint-Typen und zeigen auf ein paar Kids, die die falschen Farben für ihren Hauttyp benutzen. Irgendwoher weißt du, wovon sie sprechen, weißt genug, um zuzustimmen, dass Dorrie Perrys Teint eher olivfarben und ihre Gesichtsform oval ist, Emma Strank dagegen einen kühlen Hautton und ein herzförmiges Gesicht hat.

Du drehst dich zu mir um und sagst leise: »Dein Gesicht ist auch herzförmig, Suzy.« Und ich kann einfach nicht anders, ich schneide eine Grimasse. Und du drehst dich schnell weg.

Am nächsten Tag setzt du dich wieder zu ihnen, und ich folge dir, denn beste Freundinnen essen immer zusammen. Molly verkündet, dass sie während ihrer Hip-Hop-Tanzstunde Arme und Bauch mit Plastikfolie umwickelt, damit sie noch mehr schwitzt.

Mom hat mir immer eingeschärft, wie wichtig es ist, anderen Leuten Fragen zu stellen. Also frage ich: »Warum willst du denn schwitzen?«

Molly sagt kein Wort, aber Aubrey beugt sich vor und antwortet langsam und betont: »Damit ihre Hose besser passt.«

Ich starte einen neuen Versuch. »Eigentlich befinden sich die meisten Schweißdrüsen an unseren Fußsohlen.« Ich sage das, weil es der Wahrheit entspricht und ich so etwas zum Gespräch beitragen kann.

Molly sieht mich an und hebt eine Augenbraue. Ich scheine das Falsche gesagt zu haben.

Also versuche ich es noch einmal. »Wusstest du, dass Schweiß steril ist, wenn er aus den Poren kommt?

Molly presst die Lippen zusammen. Ihre Nasenflügel beben leicht.

»Das Gleiche gilt für Pipi«, fahre ich fort. »Jeder denkt, Pipi sei widerlich, aber in Wirklichkeit ist es total sauber.«

Alle am Tisch verstummen schlagartig.

»Manche Leute trinken sogar ihren Urin, wusstet ihr das?«

Jenna, die sich gerade Popcorn in den Mund stecken will, hält mitten in der Bewegung inne.

Ich merke, wie die anderen sich Blicke zuwerfen. Jenna sieht Molly an. Aubrey sieht erst dich an, dann Anna. Mich sieht niemand an.

»Natürlich trinken die meisten Leute ihren eigenen Urin nur, wenn sie müssen. Weil sie unter Trümmern verschüttet sind oder so. Aber einige tun es auch, weil sie überzeugt sind, dass es ihnen guttut.«

Jenna schüttelt den Kopf und legt das Popcorn weg. Molly schließt die Augen und presst wieder die Lippen zusammen. Sie sieht aus, als würde sie gleich losprusten.

Eigentlich sehen alle so aus, als würden sie krampfhaft versuchen, nicht zu lachen.

Auch du.

»Ach, und wisst ihr, wer ebenfalls den eigenen Urin trinkt?« Die Worte kommen einfach so aus mir heraus, ich kann sie nicht zurückhalten, obwohl ich merke, dass es die falschen sind. »Schmetterlinge. Auf diese Weise versorgen sie sich mit Salzen und Mineralien. Überhaupt nutzen viele Tiere den eigenen Urin, um mit ihren Artgenossen zu kommunizieren. Ich weiß, das hört sich ziemlich eklig an, aber ...« Verlegen breche ich ab und beiße mir auf die Lippe. Ich hole ein paarmal tief Luft und versuche, mich von der Stille nicht einschüchtern zu lassen.

Dann greife ich in meine Tasche und hole ein paar Gummischnüre heraus. Mit Erdbeergeschmack. »Möchtest du?«, frage ich dich.

Ohne mich anzuschauen, schüttelst du den Kopf.

»Wirklich nicht? Es ist Erdbeergeschmack ...«

Du schaust an mir vorbei, dein Blick richtet sich auf etwas direkt über meiner rechten Schulter.

»Hast du mich verstanden?«, frage ich nach.

Die anderen Mädchen werfen sich Blicke zu.

»Erdbeergeschmack für das Erdbeermädchen«, erkläre ich vorsichtshalber und fuchtle mit den Gummischnüren herum.

Plötzlich siehst du mich an, und deine Augen werden schmal.

»Was ist?«, fragt Aubrey.

»Nichts«, sagst du schneidend. »Völlig unwichtig. Nur etwas Kindisches aus der Zeit, als wir noch ganz, ganz klein waren.« Du wirfst mir einen scharfen Blick zu. »Manche Leute wissen nicht, wann es Zeit ist, erwachsen zu werden, das ist alles.« Dann stehst du auf, und wie auf Kommando stehen die anderen Mädchen am Tisch ebenfalls auf.

Du beugst dich zu mir herunter, so nah, dass ich die Hitze spüren kann, die du ausstrahlst. Du bist ganz rot im Gesicht. Deine Augen blitzen, als du mich anzischst: »Wieso musst du dich so bescheuert benehmen, Suzy?«

So wütend habe ich dich noch nie erlebt. Ich bin total durcheinander, ich habe dir doch nur etwas von meinen Gummischnüren angeboten. Und das ist doch unter Freunden ganz normal.

»Du. Bist. Total. Bescheuert«, fauchst du mich an, dann drehst du dich um und verlässt die Cafeteria. Die anderen Mädchen folgen dir.

Ich schaue dir verblüfft hinterher, so verblüfft wie damals, als ich dich zum ersten Mal getroffen habe. Als du im Schwimmunterricht schon tauchen konntest, obwohl ich dachte, du könntest genauso wenig schwimmen wie ich.

Die anderen Mädchen folgen dir. Früher warst du das Mädchen, das sich nicht getraut hat, im Unterricht laut vorzulesen, und jetzt folgen dir die anderen sogar.

Keines der Mädchen hat auch nur einen Blick für mich übrig.

Von Angesicht zu Angesicht

DR. LEGS STELLTE MIR AM ANFANG jeder Sitzung dieselbe Frage: »Möchtest du heute lieber sprechen oder schweigen?« Und jede Woche war meine Reaktion ebenfalls dieselbe: Ich presste die Lippen zusammen und starrte auf meine Füße.

Dr. Legs lehnte sich in ihrem Stuhl zurück, faltete die Hände in ihrem Schoß und begegnete meinem Schweigen mit ihrem eigenen. Während meine Eltern auf der anderen Seite der Tür warteten, saßen wir uns Woche um Woche wortlos gegenüber.

Mich erinnerte das an einen Komponisten, von dem Aaron mir einmal erzählt hatte. Der hatte ein Musikstück ohne jegliche Noten geschrieben. Wird das Werk aufgeführt, kommt ein Musiker auf die Bühne, klappt den Flügel auf und stellt einen Timer ein. Er sitzt am Klavier und spielt rein gar nichts. Aaron sagte, bei der Uraufführung sei das Publikum nervös geworden. Die Leute hätten begonnen, miteinander zu flüstern und sich in ihren Sitzen zu winden. Einige seien sogar gegangen. Aber inzwischen erwarten die Zuhörer diese Stille, wenn das Stück aufgeführt wird. Statt nervös zu werden oder sich aufzuregen, hören sie auf einmal ganz andere Geräusche: das Rascheln der Programmhefte, Stoff, der über Sitzflächen schabt, höflich unterdrücktes Husten. Sie hören *sich selbst,* was in einem normalen Konzert nicht der Fall wäre, obwohl diese Geräusche auch sonst immer da sind.

Das Stück heißt *4:33*, denn der Pianist sitzt genau 4 Minuten und 33 Sekunden bewegungslos am Klavier.

Wären die Menschen stiller, dann könnten sie die Geräusche ihres eigenen Lebens besser hören. Wären die Menschen stiller, würde es das, was sie sagen, wenn sie sich dazu entscheiden, es auszusprechen, umso wichtiger machen. Wären die Menschen stiller, dann würden sie die Signale der anderen besser verstehen – so wie die Lebewesen unter Wasser, die sich mit blinkenden Leuchtsignalen oder durch das Verändern ihrer Hautfarbe mit ihren Artgenossen verständigen.

Menschen sind so schlecht darin, die Signale der anderen zu verstehen, das weiß ich inzwischen.

Manchmal versuchte ich mir vorzustellen, welche Signale Dr. Legs mir sendete, aber ich erriet es nicht. Ich habe wahrscheinlich so lange in der Welt der Worte gelebt, dass das Schweigen immer noch eine Fremdsprache für mich war, die ich nicht beherrschte.

Jede Woche brach Dr. Legs nach einer Dreiviertelstunde das Schweigen mit den Worten: »So, das war's für heute.«

Hoffentlich bezahlten meine Eltern nicht allzu viel Geld für diese Therapie.

Aber in meiner vierten Sitzung mit Dr. Legs veränderte sich etwas. Nach ungefähr der Hälfte der Zeit redete sie plötzlich.

»Suzanne«, sagte sie. »Ich frage mich, ob du schon einmal darüber nachgedacht hast, warum Menschen miteinander sprechen. Warum sich so etwas wie Sprache überhaupt entwickelt hat.«

Dr. Legs erzählte mir, es werde angenommen, dass sich die gesprochene Kommunikation deshalb entwickelt habe, weil das menschliche Gesellschaftsgefüge so komplex geworden sei, dass Gesten und Grunzen allein nicht mehr ausreichten.

»Aber ich glaube das nicht«, sagte sie dann.

Falls sie darauf hoffte, dass ich sie fragen würde, was sie dann glaubte, dann hatte sie sich getäuscht.

Dr. Legs beugte sich vor und fuhr fort: »Ich glaube, sie hat sich entwickelt, weil wir das Bedürfnis haben, verstanden zu werden.«

Das Bedürfnis, verstanden zu werden. Ihre Worte lassen mich an all meine vergeblichen Versuche denken, mich Franny gegenüber verständlich zu machen – all das, was zu dem Moment geführt hatte, als ich sie zum letzten Mal gesehen hatte. Als sie sich umdrehte und wegging, weinend und diese grässlichen Taschen tragend.

Diese Gedanken taten entsetzlich weg, also schob ich die Erinnerung beiseite, so schnell ich konnte. So, wie ich es immer machte.

Stattdessen dachte ich an Jamie. Seit meinem ergebnislosen Anruf zerbrach ich mir ständig den Kopf darüber, wie ich ihn erreichen konnte.

»Verstanden zu werden ist ein menschliches Grundbedürfnis«, sagte Dr. Legs jetzt. »Würdest du nicht auch gerne besser verstanden werden?«

Ich saß regungslos vor ihr. *Ich möchte dich bitten, mir zu vertrauen,* hatte Dr. Legs in unserer ersten Sitzung gesagt. *Ich werde nicht urteilen.*

Aber wie sollte ausgerechnet diese Frau irgendjemandem dabei helfen, mich zu verstehen?

»Gibt es etwas, dass du unbedingt zum Ausdruck bringen willst?«

Na ja, schon. Ich brauchte Jamies Hilfe. Also nickte ich.

»Vielleicht kann ich dir dabei helfen, die richtigen Worte zu finden«, sagte sie. Ihre Stimme war leise, und sie klang so aufgeregt, als seien wir beide Komplizinnen in einer geheimen Verschwörung.

Ich konnte sehen, dass sie der Meinung war, dass wir beide gerade etwas erlebten, das sie wahrscheinlich als *Durchbruch* bezeichnen würde.

Also kniff ich die Augen zusammen, damit sie begriff, dass dies hier kein Durchbruch war.

»Nun. Was auch immer du sagen willst, mach den Mund auf, und sag es einfach. Das rate ich dir. Lass die Welt wissen, was du denkst.«

Hilf mir, Jamie, dachte ich. *Du bist der Einzige, der das kann.*

»Bei deiner Generation habe ich immer das Gefühl, Folgendes hinzufügen zu müssen«, fuhr Dr. Legs fort: »Bitte tu das nicht per SMS oder per E-Mail. Wenn du jemandem etwas Wichtiges mitteilen willst, dann sag dieser Person deine Wahrheit von Angesicht zu Angesicht.«

Von Angesicht zu Angesicht. Haha. Die Person, von der ich mir Hilfe erhoffte, befand sich buchstäblich auf der anderen Seite des Globus.

»Ich sage dir das aus einem bestimmten Grund, Suzanne«, fuhr Dr. Legs fort. »Wusstest du, dass der größte Teil unserer Kommunikation mit anderen Menschen nonverbal abläuft?«

Manche von uns versuchen trotzdem, auch ohne Worte zu kommunizieren, dachte ich. *Auch wenn es nicht immer klappt.*

Bei mir hat es definitiv nicht geklappt.

»Wenn du jemandem über den Computer oder das Telefon sagst, was du zu sagen hast, kann das sehr leicht zu Missverständnissen führen. Aber wenn du dich vor den anderen hinstellst und ihm *deine Wahrheit* offenbarst, dann wird er dich viel besser verstehen können.«

Ich. Meine Wahrheit. Von Angesicht zu Angesicht.

Sie beugte sich zu mir. »Du wirst eine Antwort erhalten, das kann ich dir versprechen.«

Ich stellte mir vor, wie ich Jamie gegenübersaß. Wie er mich anlächelte, als wolle er mich fragen: Kann ich dir helfen? Ich lächelte zurück.

Dr. Legs sagte: »Du lächelst, wie ich sehe. Hilft dir das weiter?«

Ich zuckte mit der Schulter und schwieg, was sie offenbar als Zustimmung auslegte.

»*Wunderbar.*« Sie lehnte sich zurück und legte ihre Arme über den Bauch. »Ganz *wunderbar.*«

Den Rest der Stunde saßen wir schweigend da.

Als Dr. Legs schließlich die Tür öffnete, erklärte sie meinen wartenden Eltern zufrieden lächelnd: »Ich denke, wir haben heute *deutliche Fortschritte* gemacht.«

Sie grinsten zurück, voller Hoffnung und mit offenen Herzen.

Millionen Dinge zu lernen

ICH DACHTE VIEL AN JAMIE, während ich für mein Referat über Quallen recherchierte. Wie wurde man eigentlich Quallen-Experte? Es gab Millionen und Abermillionen Dinge über Quallen zu wissen – kaum vorstellbar, dass ein Mensch so viel über ein einziges Tier lernen kann.

Wenn man eine Qualle zum Beispiel in zwei Hälften zerteilt, werden daraus möglicherweise zwei neue Quallen – denn Quallen können sich genauso teilen wie Zellen. Und wenn man eine Qualle verletzt, kann man viele Hundert kleiner Klone von ihr umherschwimmen sehen – winzige Repliken des Originals, die das beschädigte Gewebe nacheinander produziert. Wie von einem 3-D-Drucker ausgespuckt.

Es gibt mehr als 1500 verschiedene Quallenarten ... vielleicht sogar bis zu 10 000. Und wir finden ständig neue Dinge über sie heraus. Der Gedanke machte mich ganz schwindelig – ich könnte mein ganzes Leben damit verbringen, Quallen zu studieren, und der Lernstoff würde mir niemals ausgehen.

Während meiner Arbeit an dem Referat gingen mir Dr. Legs' Worte nicht mehr aus dem Kopf. *Wenn du jemandem etwas Wichtiges mitteilen willst, dann sag dieser Person deine Wahrheit von Angesicht zu Angesicht.*

Das wollte ich ja. Ich wollte mich unbedingt persönlich mit Jamie unterhalten. Mit jeder neuen Information, die ich aufsaugte – *Würfelquallen weisen primitive Augen auf, obwohl sie kein Gehirn haben* –, wurde dieser Wunsch noch stärker.

In einem Gespräch mit Jamie könnte er mir all die Fragen beantworten, die mir von allein gar nicht eingefallen wären – Dinge über Meeresströmungen, Wassertemperaturen, und wo überall auf der Welt das Irukandji-Syndrom bisher aufgetreten ist. Vielleicht würde er ein Excel-Dokument mit einer Menge Zahlen füttern und dann sagen: »*Ja, du hast recht, Suzy Swanson. Du hast herausgefunden, was deiner Freundin zugestoßen ist. Du bist die Einzige, die das geschafft hat.*«

Und bei einem solchen Gespräch mit Jamie würde auch ich ihm einiges erzählen. Zum Beispiel von einem Biologen, der vor langer Zeit gelebt hat und über den ich etwas gelesen hatte: Kurz nach dem Tod seiner Frau ging er am Strand spazieren und sah in einem Gezeitentümpel eine Qualle schwimmen. Ihre im Wasser tanzenden Tentakel erinnerten ihn an den Schwung ihrer Haare, und er verbrachte daraufhin sein gesamtes restliches Leben damit, nur noch Quallen zu malen.

Ich würde Jamie von Franny erzählen – dass sie von einem Augenblick auf den anderen verschwunden war, und wie ich in den Aquarien mit den Quallen ihre Haare hatte wirbeln sehen.

Aber Jamie persönlich zu treffen war unmöglich, denn dafür hätte ich auf einen anderen Kontinent fliegen müssen, und das war völlig verrückt. *Plemplem*, wie Franny gesagt hätte. Das würde in einer Million Jahre nicht passieren.

Aber was, wenn doch?

Wie man weiß, dass die Dinge sich ändern

NACH DEM TAG, *an dem ich beim Mittagessen über Pipi gesprochen habe, sage ich gar nichts mehr. Ich sitze mit dir und diesen Mädchen am Tisch, aber ich schweige.*

Und zu mir sagt auch niemand etwas.

Ein paar Wochen vergehen so. Ich setze mich zu euch und schaue zu, wie ihr euch unterhaltet. Doch eines Tages kehre ich an unseren alten Tisch zurück. Du setzt dich nicht zu mir, und wenn du mit den anderen Mädchen zu Mittag isst, drehst du mir den Rücken zu. Wochen vergehen. Dann ein Monat. Ich lese, während ich esse. Ich mache meine Hausaufgaben. Ich höre dem Cafeteria-Lärm zu – den lauten Gesprächen, dem Knallen der Spindtüren, dem Rascheln von Papiertüten, den Rufen der Pausenaufsichten: »Hört auf zu rennen!«, »Hebt euren Müll auf!«, »Tabletts sind keine Waffen!«

Ich warte darauf, dass du zurückkommst.

Wir treffen uns nicht mehr an den Wochenenden. Wenn ich dich anrufe, dann sagst du mir, dass du mit deiner Mom einkaufen gehst. Oder dass du deine Großtante Lynda besuchen musst. Oder Mathenachhilfe bekommst, weil du Faktorenanalyse einfach nicht verstehst.

An einem warmen Frühlingstag kommt mir eine Idee: Ich werde mit dem Rad zu dir fahren und mich bei dir dafür entschuldigen, dass ich mich beim Mittagessen so bescheuert benommen und über steriles Pipi geredet habe. Ich werde dir versprechen, mich nicht mehr bescheuert und kindisch zu verhalten, wenn du mir noch eine zweite Chance gibst.

Ich lebe bereits seit elfeinhalb Jahren. Das sind 4199 Tage, wenn man die beiden Schaltjahre zählt, und das wiederum sind 100 776 Stunden, also fast 6 Millionen Minuten – allerdings nur auf der Erde.

Auf dem Pluto, der fast 250 Erdenjahre benötigt, um die Sonne zu umkreisen, wäre ich erst zwei Wochen alt. Auf dem Merkur wäre ich hingegen bereits 45 Jahre alt.

Aber auf der Erde bin ich elfeinhalb, und das ist alt genug, um sich nicht mehr bescheuert zu benehmen.

Auf dem Bürgersteig vor eurem Haus halte ich an. Ich höre Stimmen. Mädchenstimmen.

Drei Mädchen rennen über den Rasen und bespritzen sich gegenseitig mit einem Gartenschlauch. Die drei sehen fast schon aus wie Teenager und kreischen auch so laut. Eine von ihnen hat erdbeerblonde Haare und dreht den Kopf zu mir.

Du blickst kurz hoch und bemerkst mich, dann drehst du mir sofort wieder den Rücken zu und kreischst weiter.

Mit einem Mal wird mir bewusst, dass ich eine alte, abgeschnittene Hose und ein verwaschenes Werbe-T-Shirt trage. Hilltown Realty: Verwandeln Sie Ihre Träume in eine eigene Adresse! *Dieses T-Shirt trägt Mom bei der Gartenarbeit.*

In diesem Moment sehe ich mich so, wie du mich siehst, und ich komme mir völlig fehl am Platz vor.

Zombie-Ameisen

DIE TEMPERATUREN FIELEN, und die Mädchen in der Schule begannen, ihre Jeans in dicke Lammfellstiefel zu stecken. Frost überzog die Fensterscheiben, und Mom beschwerte sich darüber, dass niemand ein Haus kaufen wollte, wenn es draußen so kalt war.

Kurz darauf begannen wir, die Referate in Mrs Turtons Unterricht vorzutragen. Ein paar waren interessant – Mollys Thema war Skoliose, und sie hatte Röntgenbilder von der Wirbelsäule ihrer Schwester mitgebracht, die sich wie ein träger Fluss in weiten Kurven wand. Jenna hielt ihr Referat über Delfine, die, wie sie sagte, zehnmal besser hören können als Menschen.

Justin referierte über mutierte Katzen und zeigte uns ein Foto von einer Katze, die zwei Gesichter hatte.

»Frank und Louie haben also zwei Gesichter, zwei Münder, zwei Nasen und drei Augen, wie ihr hier seht«, sagte er. »Damit haben sie es sogar bis ins *Guinnessbuch der Rekorde* geschafft!«

Dylan hielt ein Referat über Blitze, was total langweilig war, denn Blitze sind nicht lebendig. Außerdem erzählte er uns nur, welche unterschiedlichen Arten Blitze es gibt.

Anderthalb Wochen lang waren für jeden Tag drei Referate angesetzt; meins war für den letzten Tag geplant. Und mit jedem Referat spürte ich, wie meines unerbittlich näher rückte.

Jetzt sind noch elf Kinder vor mir dran.

Jetzt noch zehn. Jetzt noch neun.

Gerade stand Sarah Johnston vor der Klasse und erzählte uns von Zombie-Ameisen.

»Ein Pilz besiedelt das Gehirn der Ameise«, erklärte sie. »Er übernimmt nach und nach die Kontrolle über die Ameise und bringt sie dazu, Dinge zu tun, die Ameisen sonst niemals tun würden.«

Insekten-Gedankenkontrolle. Kein schlechtes Thema für ein Referat, ehrlich gesagt.

»Die Ameise entfernt sich von ihrer Kolonie, als wäre sie betrunken«, fuhr sie fort. »Bis zu dem Zeitpunkt diente alles, was sie tat, dem Wohl der Kolonie. Aber jetzt nicht mehr. Sie geht zu einem ganz bestimmten Ort, so als ob ein GPS-System in ihrem Inneren sie führt. Dort stirbt sie, und aus ihrem Kopf beginnt ein Pilzstiel zu wachsen.« Sie zeigt auf das Foto einer ausgedörrten Insektenleiche, aus deren Kopf ein Pilz wächst – supereklig, aber auch irgendwie faszinierend.

»Und dann, eines Tages«, sagte Sarah, »explodiert dieser Pilzstiel und bedeckt die ganze Ameisenkolonie mit seinen Sporen. Und immer mehr Ameisen werden von dem Pilz befallen.«

Justin hatte während Sarahs Referat den Kopf auf seinem Pult abgelegt. Bei ihren letzten Worten hob er ihn jedoch. »Klingt genau wie die Mittelstufe«, sagte er trocken.

Ich sah, wie ein Lächeln über Sarahs Gesicht huschte, aber Mrs Turton warf Justin einen warnenden Blick zu.

»Sarah«, sagte Mrs Turton. »Verrätst du mir, warum du dir dieses Thema ausgesucht hast?«

Sarah zögerte. Sie biss sich auf die Lippe und dachte nach. »Na ja«, sagte sie dann. »Ich habe das im Fernsehen gesehen und fand das Ganze extrem cool. Aber auch extrem gruselig. Die Vorstellung, dass so etwas passieren kann – dass etwas einfach so die Kontrolle über dein Gehirn übernimmt.«

»Jetzt weißt du ja mehr über dieses Thema. Hast du jetzt weniger Angst davor?«

Sarah schüttelte den Kopf. »Nein«, sagte sie. »Ich finde es immer noch gruselig. Aber auch immer noch cool. Gruselig cool.«

Mrs Turton lachte. »Gruselig cool«, sagte sie. »Das gefällt mir. Danke, Sarah.«

Sarah setzte sich wieder, und die anderen Schüler applaudierten höflich. Jetzt waren wir meinem Referat wieder einen Schritt näher gekommen.

Ohne genau zu wissen, warum, schlug ich mein Heft ganz hinten auf und begann zu schreiben.

Jamie, wenn mein Referat gut läuft, dann werden die anderen nicht nur applaudieren. Sie werden etwas fühlen. Sie werden sich so fühlen wie ich, wenn ich daran denke, dass es den Meeren immer schlechter geht und dass Quallen sogar Wale verhungern lassen können. Ich will, dass sie verstehen, dass unsere Welt so viel größer ist als diese Schule und dass es noch wahnsinnig viel zu entdecken gibt. Wenn sie das kapiert haben, dann werden sie auch begreifen, was für eine große Sache es ist, wenn du und ich beweisen, was Franny zugestoßen ist.

Ich schaffe das, Jamie. Ich glaube wirklich, ich schaffe das.

Aber ich wünschte, ich müsste dafür nicht vor der ganzen Klasse sprechen.

Wie man eine Freundin verliert

ES IST SPÄTER FRÜHLING. *Und wir machen einen Klassenausflug. Wir zelten am Rock Lake.*

Die ganze Klasse war in einem Hochseilgarten und hat eine Seilrutsche ausprobiert. Wir haben uns die Hände gereicht und sind nacheinander durch einen Hula-Hoop-Reifen gestiegen, ohne uns dabei die Arme zu brechen. Wir haben uns gegenseitig mit verbundenen Augen über einen verschlungenen Waldweg geführt. Die Mädchen sind vor harmlosen Spinnen davongerannt, die Jungs haben sich im Gras gebalgt. Mr Andrews, unser Klassenlehrer, hat uns gezeigt, wie man ein Lagerfeuer macht, indem man Holzstöckchen zeltförmig zusammenstellt. Bald werden wir Hotdogs am Spieß grillen, um sie dann in Ketchup zu ertränken, und danach Marshmallows über dem Feuer rösten, bis sie verbrennen und schwarz werden.

Auf der Fahrt hierher habe ich allein gesessen. Du bist an meinem Sitz vorbeigegangen und hast dich neben Aubrey gesetzt. Wenn ich mich umdrehte, konnte ich sehen, wie du dich über den Gang gebeugt hast, um mit Jenna zu quatschen.

Du und Molly, ihr tragt passende Haarspangen. Erstaunlicherweise seht ihr damit nicht jünger, sondern älter aus. Ihr habt Lipgloss aufgetragen, und in euren Jeans und den Sweatshirts mit Reißverschluss könnte man euch für Zwillinge halten.

Gerade sind die Jungs damit beschäftigt, im Wald nach Stöcken und kleine Holzstücken zu suchen, um sie ins Feuer zu werfen. Bei den größeren Stecken fliegen die Funken besonders hoch, und alle johlen begeistert.

Justin nimmt einen Stein in die Hand, hält ihn über den Kopf, als wäre er Conan der Barbar oder sonst wer, und wirft ihn in die Flammen. Die Funken sprühen blitzschnell in alle Richtungen. Einige Mädchen bringen sich kreischend in Sicherheit.

»Sechstklässler, alle mal herkommen!« Mr Andrews, der ein Stück entfernt unter einem Baum steht, winkt uns zu sich. Er fängt an, rückwärts zu zählen. »Zehn, neun, acht ...«

Die Jungs rennen sofort los, rempeln sich dabei gegenseitig an und rennen sich über den Haufen. Die Mädchen gehen langsamer. Sie scharen sich zusammen wie eine Herde, und es macht ihnen nicht das Geringste aus, dass sie noch nicht bei Mr Andrews angekommen sind, als dieser mit dem Zählen fertig ist. Ich gehe hinter ihnen her – hinter dir her –, aber ich bin nicht Teil deiner gemütlich schlendernden, Jungs anhimmelnden Clique. Ich gehörige in eine andere Kategorie.

Mädchen von hinten anstarren, darin bin ich inzwischen Expertin.

»Meine Damen«, sagt Mr Andrews. »Wie schön, dass Sie uns endlich beehren.« Dann wendet er sich an uns alle und fragt: »Was hört ihr?« Er steht breitbeinig da. Seine Haare sind so kurz, dass es beinahe so wirkt, als hätte er eine Glatze. Er sieht aus wie ein Soldat. Oder wie ein Pitbull.

Alle sind still. Etwas abseits macht Justin ein Furzgeräusch, woraufhin wir lachen, nur Mr Andrews nicht. Aubrey beugt sich zu dir und flüstert dir etwas ins Ohr. Du kicherst.

Ich wünsche mir so sehr, dass du mich ansiehst.

Mr Andrews wiederholt seine Frage. »Was hört ihr?«

Ich mache die Augen zu und lausche. Nach so vielen Tagen allein in der Cafeteria bin ich gut darin, Dinge zu hören. Da sind die Bewegungen meiner Klassenkameraden. Das aufgeregte, hell klingende Flattern von Grillenflügeln, das Auf und Ab von Vogelgesang, das erste Huhu einer Eule. In der Ferne grölen Leute ein Lied, was die Vermutung nahelegt, dass dort ebenfalls gecampt wird. Und aus einer anderen Richtung kommt ein dumpfes Geräusch, das sich wie das Schlagzeug in einem Rocksong anhört.

Die Vögel. Es sind so viele, und alle senden ihre Rufe aus. Manche hören sich an wie Trillerpfeifen, andere krächzen. Manche scheinen zu plaudern, andere zu singen. Ihre Rufe vereinigen sich zu einem besonderen Rhythmus. Auch die Grille und die Eule gehören dazu. In diesem Musikstück passt einfach alles zusammen.

Plötzlich wird mir etwas klar. Es ist tatsächlich Musik. Ich bin mir absolut sicher. Ich weiß es einfach. Ich weiß, dass all diese verschiedenen Geschöpfe ein großes Orchester bilden. Sie sind Stimmen in einem größeren Ganzen, in dem jeder seinen Platz hat und zu dem jeder seine eigenen Töne beisteuert.

Es ist ein Konzert, das man hören kann, indem man einfach die Ohren aufsperrt.

Ich öffne die Augen und blicke Mr Andrews an. »Es ist ein Orchester«, sage ich ein kleines bisschen atemlos.

Er legt den Kopf schräg und blinzelt. »Wie bitte?«

»Ein Orchester«, wiederhole ich. »Oder, ich weiß nicht, vielleicht nicht direkt ein Orchester, aber zumindest so ähnlich.«

Er sieht mich stumm an.

»Alle diese Geräusche«, fahre ich fort, »die Vögel und so weiter. Sie musizieren gemeinsam ...«

Aber noch bevor alle meine Worte heraus sind, schießt seine Augenbraue in die Höhe, und da begreife ich, dass das nicht die Antwort ist, die er erwartet hat. Es ist die falsche Antwort, die falscheste Antwort, die man sich denken kann. Aber einmal laut ausgesprochen, lässt sie sich nicht mehr zurücknehmen.

Ich zucke mit der Schulter, als wollte ich mich von meinen eigenen Worten distanzieren. »Ich meine ja nur, dass es sich so anhört.«

»Hm«, brummt Mr Andrews, aber er macht deutlich, dass er gar nicht weiter auf das eingehen will, was ich gesagt habe. Und mehr braucht es nicht. So als hätte er den Startschuss gegeben, fangen alle an zu lachen. Alle. Auch du.

Mr Andrews eröffnet der Klasse, was wir eigentlich hätten hören sollen.

»Während Suzy weiter den Klängen von Mozart in den Bäumen lauscht, möchte ich, dass ihr auf etwas anderes hört.« Er wedelt mit der Hand im Takt zu den dumpfen Trommeln, die von dem Rocksong aus der Ferne zu uns herüberdringen.

Dann erklärt er, dass Geräusche mit niedriger Frequenz sich schneller fortbewegen als Geräusche mit hoher Frequenz, weshalb man die Trommeln einer Parade viel früher hört als alle anderen Instrumente.

Ich stehe mit brennenden Wangen da und wünsche mir, dass ich und nicht er das gesagt hätte.

Später laufe ich durch das Camp. Allein. Ich lausche dem Konzert über meinem Kopf, bis ich unten am See etwas höre. Dylan und Kevin O'Connor werfen sich gegenseitig etwas zu. Anfangs denke ich noch, es ist ein Stein oder ein Ball, aber dann sehe ich, dass es … Beinchen hat.

Es ist ein Frosch. Sie spielen Werfen und Fangen mit ihm.

Halt!

Ich denke Halt!, *auch wenn ich es nicht laut sage.*

Du stehst neben Dylan und schaust zu. Du hast die Hüfte angewinkelt und lässt ihn keine Sekunde aus den Augen.

Dylan weiß natürlich, dass du ihn beobachtest, denn er fängt den Frosch und dreht sich zu dir um. Er fuchtelt mit dem Tier von deinem Gesicht herum, aber nur ein bisschen. Du fängst an zu kreischen, als hättest du Angst, aber dir scheint trotzdem zu gefallen, was er da tut.

Er grinst und betrachtet den Frosch in seiner Hand. Dann richtet er den Blick auf einen Baum.

Nein, nein, nein.

Es ist eine Birke. Eine weiße Birke. Sie ist nur ein paar Schritte von ihm entfernt.

Bitte. Bitte, tu das nicht, was du da vielleicht gerade im Sinn hast.

Er hebt den Arm.

Ich halte die Luft an. NEIN.

Es läuft wie in Zeitlupe ab. Er steht da wie der Pitcher beim Baseball.

Der Baum befindet sich direkt vor ihm. Mit einem Lächeln holt Dylan ganz weit aus.

Er wird völlig grundlos ein Lebewesen töten.

Die anderen schreien und lachen. Niemand hält ihn auf.

Ich schaue dich an. Ich blicke dir direkt in die Augen. Du kannst das verhindern, da bin ich mir so gut wie sicher.

Ich sage deinen Namen, »Franny«, aber es kommt nur ein Krächzen aus meinem Mund.

Du kannst mich nicht hören. Aber du spürst es bestimmt. Du merkst doch auch, dass ich dich beobachte.

Plötzlich hebst du den Kopf und siehst mich an.

Ich versuche, dir mit meinem festen Blick eine Botschaft zu senden. Eine Botschaft, die wichtig ist.

Dylan tut das nur für dich, *versuche ich dir mitzuteilen.* Bitte lass es nicht zu, bitte lache nicht, bitte ermuntere ihn nicht auch noch.

Er holt aus. Ganz, ganz weit.

Bitte. Du bist das Mädchen, das mit mir unter den Fledermäusen herumgerannt ist.

Das Gejohle wird immer lauter.

Ich weiß, wie gut du Peanuts behandelst. Ich weiß, dass du über die Grausamkeit anderer Menschen weinst.

Dylan hält einen Augenblick inne.

Das bist nicht du. Ich kenne dich. Ich kenne dich besser als alle anderen hier.

Deine Augen werden schmal. Aber das reicht. Denn in diesem Moment sehe ich etwas, das ich noch nie zuvor gesehen habe: Da ist eine Leere in deinen Augen.

Du drehst dich weg und wendest dich Dylan zu, der genau in diesem Moment den Frosch wirft.

Du lachst und schlägst die Hand vor den Mund, genau wie alle anderen.

Der Frosch fliegt durch die Luft – es sieht irgendwie lächerlich aus, comicartig –, dann ist ein schreckliches Geräusch zu hören. Es ist beides, dumpfer Aufprall und glitschiges Platschen – trocken, hart, aber auch feucht. Es ist das scheußlichste Geräusch, das ich je gehört habe.

Ein Chor aus »Iiih!«, »Wie eklig!« und »Das ist ja widerlich!« ertönt, unterlegt von Gelächter. Schrillem, lautem Gelächter.

Ich wende mich ab, von ihnen, von dir, von euch allen, und hole tief Luft, weil ich mich sonst übergeben müsste.

Ich weiß nicht, wie ich es hätte verhindern können. Ich weiß nichts von jenen Dingen, die zählen. Ich kenne mich mit Fledermäusen und Glühwürmern aus. Ich weiß, dass Pipi und Schweiß steril sind und dass es vor dem Entstehen unseres Universums weder Farbe noch Geräusche noch Licht oder Luft gab.

Aber das ist alles nutzlos.

Stattdessen müsste ich wissen, wie man eine Haarspange so trägt, dass es süß, aber nicht kindisch aussieht. Ich müsste wissen, wie man sich in eine Clique einfügt, wie man kreischt, wenn am Lagerfeuer die Funken sprühen, und wie man die Hüfte anwinkelt, wenn man neben Jungs steht.

Ich müsste wissen, was man erwidert, wenn du mit Jenna auf dem Rückweg zum Zeltlager an mir vorbeigehst und sie so hämisch »Orchester« zischt, als würde sie von wimmelnden Maden in einer Abfalltonne reden. Du lachst und gehst weiter, und es dauert einen Moment, bis mir klar wird, dass du über mich lachst und über die Antwort, die ich Mr Andrews gegeben habe.

Ich müsste wissen, was man später am Abend macht, wenn die anderen im Dunkeln flüstern und kichern. Ich liege in meinem Schlafsack, und das Kichern kommt näher, immer näher, und dann beugt sich jemand über mich.

Ich spüre, wie etwas Warmes, Feuchtes gegen meine Wange klatscht.

Jemand hat auf mich gespuckt.

Spucke ist nicht wie Schweiß, nicht wie Urin. Spucke ist nicht sauber. Sie ist kein bisschen steril.

Ich müsste wissen, wie man auf so etwas reagiert, statt nur dazuliegen und so zu tun, als würde ich schlafen, während meine ehemalige beste Freundin – denn ich habe inzwischen kapiert, dass du nicht mehr meine beste Freundin bist –, wenn also meine ehemalige beste Freundin sich im Dunkeln leise kichernd davonschleicht, während warme Spucke über meine Wange bis zu meiner Nase läuft und dabei meine Haut kitzelt.

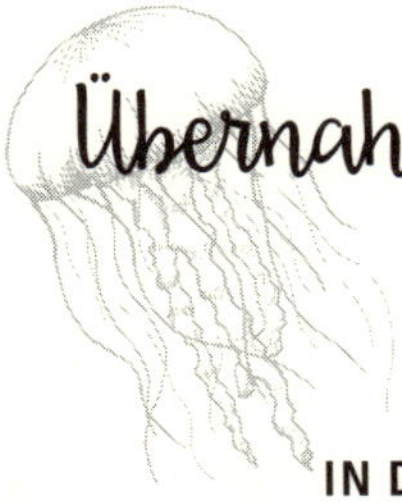

Übernahme

IN DER NACHT VOR MEINEM REFERAT konnte ich mein Gehirn nicht abschalten.

Vor meinen geschlossenen Augen schwammen Quallen hin und her. Wenn ich die Augen öffnete und in die Dunkelheit starrte, sah ich sie immer noch.

Also schaltete ich das Licht an, stieg aus dem Bett und begann, im Zimmer auf und ab zu gehen und meine Präsentation zu üben.

Ich murmelte meinen Text halblaut vor mich hin, als meine Tür aufging.

»Su, was machst du denn da?«, fragte Mom. Sie trug einen Bademantel und rieb sich die Augen.

Ich zuckte mit der Schulter.

»Es ist halb zwei Uhr morgens«, sagte sie. »Geh schlafen.«

Aber auch nachdem ich mich wieder hingelegt hatte, blieb ich an der Schwelle zum Schlaf gefangen.

Morgen früh würde ich sprechen.

Morgen früh würde ich allen sagen, was ich begriffen hatte.

Und wenn ich fertig war – und alles so gelaufen war, wie ich hoffte –, dann wäre ich nicht mehr allein mit meiner Erkenntnis.

Und falls es nicht so lief, wie ich hoffte … nun, dann war Jamie wirklich der Einzige, der mir noch blieb.

Wie man nicht vergisst

DER KLASSENAUSFLUG IST SCHON TAGE HER, *aber ich kriege diesen Frosch nicht aus meinem Kopf.*

Ich höre es immer wieder, dieses dumpfe, feuchte Klatschen gegen den Baum.

Ich erinnere mich an seine ausgestreckten Glieder, als er durch die Luft flog wie in einem Comicstrip. Aber das war absolut nicht lustig.

Der Frosch war hilflos gewesen. Wehrlos und ausgeliefert.

Und du hast mir in die Augen geschaut, das wissen wir beide. Und in dem Moment hat sich dein Blick verändert. In diesem Moment hast du eine Entscheidung getroffen. Du hast dich entschieden, dass es dir egal ist. Du hast entschieden, auf wessen Seite du ab sofort stehst.

Und jedes Mal, wenn ich daran denke, will ich laut schreien.

Erschieß mich bitte, falls ich jemals so werden sollte, *hast du vor langer Zeit gesagt und geschworen, niemals wie Aubrey zu werden.*

Wir müssen ein Zeichen vereinbaren, *hast du gesagt.* Einen Geheimcode. Etwas, das garantiert meine Aufmerksamkeit erregt.

Ich habe es versucht. Ich habe deinen Namen gerufen, obwohl ich fast daran erstickt bin.

Ich habe versucht, es dir mit Blicken zu sagen, aber du hast weggesehen.

Wumm. Klatsch.

Der letzte Schultag steht kurz bevor.

Wenn ich dir ein Zeichen geben will, muss ich mich beeilen.

Teil Fünf

UNTERSUCHUNG Ein gut geschriebener Untersuchungsplan ist ganz einfach: Welche Materialien hast du benutzt? Was hast du gemacht, und wie hast du es gemacht?

Mrs Turton

Stärker als wir

DA IST NOCH ETWAS ANDERES, das du unbedingt wissen solltest: Quallen sind stärker als wir.

Überleg mal: Ein Quallenstich ist eine der schnellsten Reaktionen der Tierwelt. Die Stacheln sind aufgerollt wie das Seil von Harpunenspitzen, es sind Millionen unsichtbarer Waffen in Wartestellung. Wenn die Tentakel der Qualle irgendetwas streifen, und sei es auch noch so schwach, treten die Stacheln in Aktion. In einem 700 Millionstel einer Sekunde – ein winziger Bruchteil der Zeit, die ein Mensch braucht, um zu begreifen, zu denken und zu reagieren – werden die Harpunen mit ihrem Gift wie Gewehrkugeln abgefeuert.

Quallen können sogar nach ihrem Tod noch weiterstechen und auch lange nachdem ein Tentakel vom Körper abgetrennt worden ist. Quallen sind aufs Stechen programmierte Maschinen, und die Heftigkeit ihrer Stiche lässt sich mit nichts anderem vergleichen.

Das alles passiert, ohne dass die Quallen überhaupt darüber nachdenken. Sie lassen sich weder von Tragödien, Liebe, Freundschaft oder Kummer beeinträchtigen. All das, was Menschen in Schwierigkeiten bringt, geht an ihnen spurlos vorbei.

Sie treten mit anderen Exemplaren ihrer Art nur in Kontakt, um sich zu paaren. Und auch das geht ziemlich unaufgeregt vonstatten. Die männliche Qualle öffnet den Mund und gibt das Sperma frei. Die weibliche Qualle schwimmt durch das Spermafeld und nimmt den Samen auf. Es ist eine sehr saubere Angelegenheit, und alles läuft ordentlich ab. Es gibt weder Berührungen noch Drama noch Leidenschaft oder Schmerzen.

Die Eltern verschwenden keinen Gedanken an ihre Nachkommenschaft. Entweder sie vermehren sich oder nicht. Ihre Kleinen überleben oder auch nicht. Die Kinder denken nicht an die Eltern, und keiner hat jemals Sehnsucht nach dem anderen.

Sie treiben aneinander vorbei, sie hören nie auf, sich zu bewegen. Sie hören nie auf, in den Tiefen zu pulsieren.

Stellt euch ein Lebewesen vor

»**SUZY?**« Mrs Turton lächelte mich an. »Bist du bereit?«

Es war der Tag meines Referats.

Ich ging mit einem Stapel Papiere und mehreren Bildern in Richtung Tafel. Mein Herz pochte so heftig, dass ich es in meinen Ohren hören konnte.

Meine Füße bewegten sich über den Fliesenboden. Über mir summten die Neonröhren. Jemand verlagerte sein Gewicht, und der Stuhl quietschte so laut, dass ich zusammenzuckte.

Ich holte tief Luft. Seit dem letzten Schuljahr hatte ich mit niemandem in der Klasse ein Wort gesprochen.

Kurz fragte ich mich, ob ich überhaupt noch reden konnte.

Aber dann atmete ich ein, schloss die Augen und dachte an Jamie.

Ich dachte daran, wie er ohne jede Angst in das Knäuel aus schwimmenden Tentakeln gegriffen hatte. Wie er sich von einer Million von Stromstößen durchzuckt in seiner roten Badehose auf dem Krankenhausbett gekrümmt und der Welt seinen schlimmsten Schmerz gezeigt hatte.

Wenn er *das* geschafft hatte, würde ich *dies hier* doch wohl auch schaffen.

Ich starrte auf die Rückwand des Klassenzimmers. Und dann sprach ich.

»Stellt euch ein Lebewesen vor …« Ich schluckte. (Mein Herz hämmerte so laut.) »Stellt euch ein Lebewesen vor, das so anders ist als alle anderen Tiere, dass Wissenschaftler früher glaubten, es sei eine

Pflanze.« (Tiefer Atemzug.) »Ein Lebewesen, bei dem Mund und Hintern an derselben Stelle sitzen.« (Gelächter. Gut. Sie hörten zu.) »Ein Lebewesen, das auch noch nach seinem Tod für andere gefährlich ist.« Ich schaute kurz in die Runde und sah, dass Sarah Johnston sich interessiert in ihrem Sitz vorbeugte.

Also erzählte ich ihnen vom Lebenszyklus der Quallen. Dass sie sich anfangs fast wie eine Pflanze an den Meeresgrund klammern. In diesem Stadium bezeichnet man sie als *Planula*. Wenn sie ausgewachsen sind, lösen sie sich vom Meeresgrund und pulsieren frei im Ozean. Dann nennt man sie *Medusa*.

Ich zeigte ihnen das Bild einer Qualle, die aussieht wie ein Spiegelei. Ich zeigte ihnen eine Qualle, die aussieht wie Darth Vader. Und ich zeigte ihnen ein Bild, das aussieht wie die Kinderzeichnung einer Sonne – ein großer runder Kreis, von dem strahlenförmig Striche ausgehen. Dann zeigte ich ihnen eine Qualle, die bei Gefahr wie ein Polizeilicht blinkt, und eine andere Qualle, die alles Licht um sich herum verschluckt.

»Sie ist wie ein schwarzes Loch«, erläuterte ich. »Ein schwarzes Loch inmitten des Ozeans.«

Es folgte ein Bild nach dem anderen, und als ich ihnen alles Grundlegende über Quallen erzählt hatte – was sie fressen und wo sie leben, wie sie sich bewegen und welche Formen sie annehmen können –, ging ich zu den anderen Dingen über.

Den grässlichen Dingen.

Ich erklärte, dass Quallen die Meere erobern.

Dass sie anderen die Nahrung wegnehmen.

Dass sie Pinguinen das Futter stehlen und zum Aussterben von Walen beitragen.

Dass viele Wissenschaftler der Ansicht sind, es gebe mehr Quallen als jemals zuvor, und dass die tödlich giftigen Würfelquallen, die es früher nur in Australien gab, inzwischen auch an andere Orte gewandert sind: England, Hawaii, Florida. Vielleicht sogar nach Maryland.

An dieser Stelle meldete sich Mrs Turton zu Wort: »Entschuldige die Unterbrechung, Suzy«, sagte sie sanft. »Aber ich fürchte, du musst bald zum Ende kommen.«

»Ich bin noch nicht fertig«, sagte ich ausdruckslos.

»Ich finde es toll, dass du so vieles zu sagen hast«, fuhr Mrs Turton fort. »Aber es ist noch ein weiteres Referat geplant, und wir haben keine ...«

»Ich bin noch nicht fertig!«, rief ich. So laut und bestimmt hatte ich noch nie mit einem Lehrer gesprochen. Aber ich konnte unmöglich abbrechen, bevor ich zu dem wichtigsten Punkt überhaupt gekommen war. Die Sache, die ich den anderen unbedingt erklären musste.

Im Klassenzimmer war es auf einmal mucksmäuschenstill.

Ich starrte Mrs Turton an, und sie zog überrascht die Augenbrauen hoch. Dann schaute sie zu Boden und überlegte. Als sie wieder aufsah, lächelte sie knapp. »Ein paar Minuten noch, Suzy«, sagte sie. »Du kannst dein Referat zu Ende halten, aber bitte beeil dich.«

Ich holte tief Luft und kam dann zum Punkt. »Die gefährlichste aller Quallen ist wahrscheinlich die Irukandji. Sie ist tödlich, durchsichtig und winzig – im Wasser also kaum zu erkennen.«

Ich erzählte der Klasse von den *dokumentierten Todesfällen*. Von der *Wanderbewegung über große Entfernungen. Dem bedrohlich erhöhten Herzschlag, den Hirnblutungen*. Von den *fälschlicherweise auf andere Ursachen zurückgeführten Todesfällen*.

Ich dachte wirklich, sie würden mich verstehen. Das glaubte ich tatsächlich.

»... und deshalb ist unsere einzige Hoffnung, so viel wie möglich über diese Todesquallen zu lernen«, sagte ich abschließend. Dann verstummte ich. Schluckte. Holte tief Luft.

Und schaute auf.

Mrs Turton betrachtete mich mit demselben Gesichtsausdruck, mit dem sie vorher auf meinen Ausbruch reagiert hatte. Sie dachte angestrengt nach, das sah ich ihr an.

Ich glaube, ich habe es geschafft, dachte ich und blickte in Richtung meiner Mitschüler. Ich wollte sehen, ob auch sie über meine Worte nachdachten.

Manche schauten mich an, andere nicht, aber diejenigen, die mich ansahen, wirkten nicht besonders aufgerüttelt. Einer der Jungs im hinteren Teil des Klassenzimmers gähnte laut.

Molly schob gerade sehr bedacht einen gefalteten Zettel mit dem Fuß zu Aubreys Pult vor ihr. Aubrey ließ einen Stift zu Boden fallen, bückte sich und hob sowohl Stift als auch Zettel auf. Sie entfaltete die Nachricht, las, was darauf stand, und lachte kurz auf. Dann drehte Aubrey sich mit demselben Gesichtsausdruck zu Molly um wie damals, als ich beim Mittagessen von Pipi gesprochen hatte. Mollys Antwort darauf war eine fast unmerkliche Geste, die die meisten anderen vielleicht übersehen hätten, ich jedoch nicht. Sie beschrieb mit dem Finger einen kleinen Kreis an ihrem Ohr.

Plemplem.

Ich schaute wieder zu Mrs Turton und begriff: Sie dachte nicht über Franny nach. Sie machte sich zwar Sorgen, aber nicht darüber, wie Franny gestorben war. Oder darüber, dass Quallen die Weltherrschaft anstrebten.

Sie machte sich Sorgen um mich.

Irgendwie hatte ich es geschafft, in diesem Referat, mit den wichtigsten Worten, die ich jemals laut ausgesprochen hatte, wieder alles falsch zu machen.

»Suzy«, sagte Mrs Turton schließlich. »Das war ein *unglaublich* detaillierter Vortrag. Ich kann mir vorstellen, wie viel Arbeit dahintersteckt.« Sie wandte sich an die Klasse. »Ich fürchte, wir sind ein wenig von unserem Zeitplan abgekommen. Tut mir leid, Patrick, du kannst dein Referat erst morgen halten.«

Patrick, der seine Hausaufgaben immer auf den allerletzten Drücker machte, rief: »Jaaa!«, und riss triumphierend die Faust hoch.

Dann kehrte wieder Normalität ein, als hätte ich nie etwas gesagt.

Das war's?, hätte ich am liebsten gerufen. Und dann noch: *Nein, nein, ihr habt es nicht verstanden. Habt ihr mir zugehört? Wirklich zugehört?*

Ist euch denn nicht klar, dass eine von uns womöglich schon von einer Qualle getötet worden ist?

Und dass diese Tiere uns eines Tages vielleicht alle vernichten werden?

Ich ließ ein paar Blätter fallen und schaute stur zu Boden, als ich sie wieder einsammelte. Meine Hände zitterten.

In den hinteren Bänken tat jemand so, als würde er husten. Aber es war ein Husten, bei dem man ein Wort sagt, das andere hören sollen. Und dieses Wort war *Medusa*. Und alle lachten.

Ich drehte mich um und sah, wie Dylan an die Decke starrte, das Unschuldslamm in Person. Als ich wieder zur Tafel blickte, hörte ich das Wort erneut, und diesmal kam es ganz sicher von Dylan.

Dann fingen plötzlich alle an, so zu husten. »Medusa!«

Und mit einem Mal sah ich mich so, wie die anderen mich sagen. So als würde ich mich von einer Ecke aus selbst beobachten. Ich sah nicht ein Mädchen, das die Welt gerade von einer wichtigen Sache überzeugt hatte, sondern ein merkwürdiges Mädchen mit wirren Haaren, zitternden Händen und roten Flecken im Gesicht. Das keine Freunde hatte und dessen Gesicht sich gerade hässlich verkrampfte, weil ihm die Tränen über die Wangen strömten. Ich schaffte es nicht, ihnen Einhalt zu gebieten.

»Medusa!«

»Das reicht!«, sagte Mrs Turton scharf.

Aber ich wusste genau, dass ich von jetzt an nur noch Medusa genannt werden würde.

»Setz dich wieder hin, Suzy«, sagte Mrs Turton leise.

Ich nickte und eilte an meinen Platz zurück.

Ich wollte nicht weiter vor der ganzen Klasse heulen, also holte ich mein Notizbuch aus der Tasche, während Mrs Turton die Hausaufgaben von gestern durchging. Ich nahm meinen Stift in die Hand.

Ich wünschte, wir könnten uns treffen, Jamie. Dann könntest du mir sagen, dass du mich verstehst. Denn sonst versteht mich niemand.
Ich habe es versucht, aber sie haben nicht gesehen, was ich gesehen habe.
Du würdest mich verstehen, das weiß ich, denn ich habe Fotos von dir gesehen. Es sind so viele Fotos von dir online. Auf einem hältst du zum Beispiel ein Einmachglas, in dem eine Irukandji schwimmt. Wie ein winziger, durchsichtiger Geist. Du siehst sie mit so weichem Blick an. Auf einem anderen Bild betrachtest du eine Würfelqualle in einem Aquarium. Die Qualle schwimmt ganz oben, und du schaust sie dir von unten an. Im Wasser glitzern Schwebstoffe wie Sterne am Nachthimmel, und weil du durch das Glas und das Wasser nur verschwommen zu sehen bist, siehst du auf diesem Bild aus wie ein Geist.
Weißt du, was mich an diesen Fotos besonders fasziniert? Es liegt nie Zorn in deinem Blick. Und auch niemals Ekel. Du schaust diese Wesen so an, als seien sie gar nicht so anders als du. Du wirkst nur neugierig – als würdest du versuchen, sie zu verstehen. So als hätten diese Lebewesen uns etwas zu sagen, und du würdest ihnen zuhören wollen.
Was ist das Besondere an dir? Wie kannst du so viel für Lebewesen empfinden, die von allen anderen gehasst und gefürchtet werden?
Ich habe dich in diesem Krankenbett liegen sehen. Ein Quallenstich hat dich beinahe umgebracht. Warum bist du trotzdem überhaupt nicht wütend?
Wie schaffst du es, Lebewesen zu lieben, die außer dir niemand liebt?

Wie man ein Zeichen setzt

URIN BESTEHT ZU 95 % AUS WASSER. *Nebenbei gesagt, behauptet man dies auch von Quallen – dass sie zu 95 % aus Wasser bestehen. Aber das ist für mich nicht von Belang. Noch nicht. Heute, am letzten Schultag der sechsten Klasse, ist etwas ganz anderes wichtig: dass man Urin problemlos einfrieren kann.*

Du hast von einem Zeichen *gesprochen. Und es hat sehr lange gedauert, bis ich wusste, welches. Aber nach unserem Ausflug, nachdem ich den Speichel auf meiner Wange gespürt hatte, war mir eine Idee gekommen.*

Irgendetwas Großes, *hast du gesagt.*

Weißt du noch, als ich dir damals in der Cafeteria gesagt habe, dass manche Tiere mithilfe von Urin kommunizieren? Genau dasselbe habe ich auch vor. Ich werde dir auf die gleiche Art eine Botschaft schicken, auf die auch du mir eine geschickt hast: mit Körperflüssigkeiten.

Dafür brauche ich dünne, flache Scheiben. Die sind leicht herzustellen, denn ich nehme jeden Samstag die Reste vom Ming Palace mit nach Hause. Die Plastikschachteln eignen sich bestens. Die kleinste Größe, bei der die Behälter nur ein paar Zentimeter hoch sind, lässt sich hervorragend ganz hinten im Gefrierschrank stapeln.

In die Boxen zu pinkeln ist kinderleicht. Ich setze mich auf die Toilette und halte die Schachteln nacheinander unter mich, wobei ich jedes Mal kurz den Urinstrahl unterbreche, um die Behälter auszutauschen. Ich stelle die Schachteln vor mich auf den Boden und verschließe sie mit den dazugehörigen Deckeln.

Es ist eine saubere Angelegenheit. Wie ich bereits sagte, an jenem Tag, an dem kein einziges Wort so herauskam, wie ich es wollte: Urin ist steril. Das einzig Eklige daran ist, dass wir denken, es sei eklig.

Nachdem ich die Deckel fest verschlossen habe, mache ich die Behälter außen sauber, verstaue ich sie ganz hinten im Gefrierschrank, verdecke sie mit abgepacktem Gemüse und stelle noch die Eiswürfelbehälter davor.

Dann gehe ich ins Bett. Morgen ist der letzte Schultag vor den Sommerferien.

Frühmorgens, als Mom unter der Dusche steht, verstaue ich die tiefgefrorenen Behälter in meiner isolierten Lunchbox und stelle diese auf den Boden meines Rucksacks. Mein Magen rebelliert, aber ansonsten bin ich so ruhig wie schon lange nicht mehr. Sogar dieses scheußliche Wumm-Klatsch-Geräusch in meinem Kopf ist, zumindest für den Augenblick, verstummt.

Mom gegenüber behaupte ich, der Klassenlehrer habe uns aufgefordert, frühzeitig in die Schule zu kommen, um beim Aufräumen des Klassenzimmers mitzuhelfen, und bitte sie, mich zu fahren. Sie stellt keine Fragen, selbst dann nicht, als sie feststellt, dass der Schulparkplatz so gut wie leer ist.

Sie vertraut mir, *denke ich. Und sie vertraut mir immer noch, obwohl ich es nicht mehr verdiene.*

Vielleicht ist das Teil des Erwachsenwerdens. Vielleicht wird der Abstand zwischen einem selbst und den anderen so groß, dass man ihn mit den verschiedensten Lügen ausfüllen kann.

Die Eingangshalle ist menschenleer. Ohne Schüler sieht es hier gar nicht wie in einer echten Schule aus, sondern wie an einem Filmset. Ich stelle mir vor, dass der Film in der Zukunft spielt. Alle Menschen sind verschwunden, nur ich bin übrig. Ich bin der einzige Mensch auf der ganzen Welt. Rieseninsekten haben den Planeten erobert, und jeden Moment werden sie an der Flügeltür am Ende des Gangs auftauchen, um mich zu verschlingen, und das war's dann.

Ich spüre das Gewicht der Tasche, die ich trage, meiner Botschaft an dich, und ich gehe zu den Spinden.

Ein einziger Fehler

ALS NACH MEINEM REFERAT die Schulglocke klingelte, bat Mrs Turton mich, noch kurz zu bleiben.

Ich nickte, schaute aber nicht auf. Ich starrte einfach weiter auf mein Pult, während alle anderen ihre Bücher einsammelten und auf den Flur hinausgingen. Sie sprachen miteinander, als hätte mein dämliches Referat gar nicht stattgefunden.

Als Justin Maloney an meinem Platz vorbeiging, legte er schweigend ein Blatt Notizpapier vor mich. Es war bedeckt mit einer Menge unordentlicher Skizzen. Alles Quallen, von denen einige an die erinnerten, die ich während meines Referats gezeigt hatte.

Als das Klassenzimmer sich geleert hatte, sagte Mrs Turton: »Suzy?«

Ich schwieg.

»Suzy!«, wiederholte sie. Sie wartete, bis ich aufschaute. »Das war ein wirklich gutes Referat. Ich konnte sehen, wie viel Mühe du dir gegeben hast. Für Referate vergebe ich nur selten Einsen, aber du bekommst eine. Die hast du dir verdient.«

Ich schaute wieder Justins Skizzen an. Sie waren zwar schlampig, aber ehrlich gesagt ziemlich wirklichkeitsgetreu.

»Weißt du, Suzy«, fuhr Mrs Turton fort. »Ich esse immer hier im Klassenzimmer zu Mittag. Und du kannst mir dabei gern Gesellschaft leisten. Ich bin für dich da, falls du jemanden zum Reden brauchst.«

Das erinnerte mich an Dr. Legs, die Ärztin, mit der ich reden konnte, aber nicht wollte.

Derjenige, mit dem ich reden wollte, war Jamie. Bei ihm wüsste ich wenigstens, was ich sagen sollte.

»Wir könnten natürlich auch einfach nur essen«, sagte Mrs Turton. »Reden ist gar nicht nötig. Okay?«

Ich nickte, aber ich schaute sie nicht an. Wenn ich sie angeschaut hätte, wären mir wahrscheinlich nur wieder die Tränen gekommen.

»Du kannst stolz auf dich sein, Suzy«, sagte sie. »Das war wirklich eine tolle Leistung.«

Danach ging ich auf den Flur hinaus und dachte, dass dies schon wieder eine Sache war, die ich nicht verstand: Wie konnte man ein tolles Referat halten und die Bestnote bekommen und trotzdem das Gefühl haben, als hätte man einen Fehler gemacht? Als sei man selbst ein einziger Fehler?

Ein noch größerer Fehler

VOR DEM SPIND NUMMER 605 *– das ist deiner – öffne ich die Behälter. Die gefrorenen Scheiben sind noch fest, nur an den Rändern sind sie schon etwas angetaut. Das ist genau richtig, denn auf diese Weise gleiten sie problemlos aus den Plastikbehältern.*

Jeder Spind hat Schlitze, die nach oben ausgerichtet sind. Die Scheiben haben genau die richtige Größe und lassen sich durch die Schlitze schieben. Ich verrichte mein Werk rasch, aber ruhig, als ich die Scheiben nacheinander in deinen Spind fallen lasse.

Das heftige Magengrummeln ignoriere ich. Keine Ahnung, ob es anders gekommen wäre, wenn ich nicht ausgerechnet dieses Zeichen gesetzt hätte, wenn ich schon viel früher etwas unternommen hätte, und ich jetzt zusammen mit dir im Bus sitzen könnte, statt hier zu stehen und gefrorene Urinscheiben in deinen Spind zu werfen.

Ich höre das Klirren, wenn eine gefrorene Scheibe an die Rückwand des Spinds prallt, und das gedämpfte Geräusch, wenn sie auf etwas Weiches fällt.

Es ist noch gar nicht so lange her, da habe ich kleine Zettel in deinen Spind gesteckt, auf denen allerbeste Freundin *oder* geheim, nur für dich bestimmt *stand und dazu unsere Namen* – Miss Wuschel und Erdbeermädchen.

Diesmal habe ich eine ganz andere Nachricht für dich.

Weil du mich ausgelacht hast. Weil du mich bescheuert *genannt hast. Weil du mich angespuckt hast.*

Aber ich will, dass du begreifst, dass es mir nicht um Rache geht. Ich mache genau das, worum du mich gebeten hast. Ich versuche, dich zum Zuhören zu bringen. Es geht mir darum, unsere Freundschaft zu retten, bevor du endgültig verschwindest.

Anfangs wirst du schockiert sein, das weiß ich. Du wirst aufschauen und mich ansehen, und dein Blick wird fragen: Was hast du getan?

Und ich werde deinen Blick erwidern und dir mit meinen Augen zu verstehen geben: Du hast gesagt, ich soll etwas machen, das deine Aufmerksamkeit erregt.

Und dann wird es dir dämmern: Ich habe ein deutliches Zeichen gesetzt, weil es die einzige Möglichkeit war.

Ich habe ein großes Zeichen gesetzt, weil du mich darum gebeten hast. Ich habe ein deutliches Zeichen gesetzt, weil es Zeit war, dich zurückzuholen. Uns zurückzuholen.

Dann wird dein Gesichtsausdruck sich verändern, und dein Blick wird mich fragen: Habe ich dich wirklich so verletzt?

Und meine Augen werden dir antworten: Ja.

Deine Augen werden sagen: Jetzt verstehe ich es.

Und danach werden sie sagen: Es tut mir leid.

Dann sind wir quitt und können noch einmal ganz von vorne anfangen.

Ich stelle mir vor, wie die Scheiben auf dein pinkfarbenes Red-Sox-Sweatshirt fallen und an den Sachen entlanggleiten, die auf der Innenseite deiner Spindtür hängen – die aus Zeitschriften ausgeschnittenen Katzenbilder, der gepunktete magnetische Spiegel und die Fotos deiner neuen Freundinnen, die das Bild von uns beiden im Freizeitpark ersetzt haben. Als ich an deine neuen Fotos denke, schiebe ich die Scheiben besonders heftig in den Spind.

Als die letzte Scheibe drinnen ist, sammle ich die leeren Plastikbehälter und Deckel ein und stecke sie wieder in die Kühlbox. Ich verschwinde damit in der Mädchentoilette, stopfe alles in den Abfalleimer und verteile zerknüllte Papierhandtücher darüber. Dann gehe ich zum Waschbecken und wasche mir die Hände.

Und als ich dort vor dem Spiegel stehe, spüre ich noch etwas anderes. Mein Nacken brennt wie Feuer. Mein Augenlid zuckt. Ich halte mich am Waschbecken fest und schaue in den Spiegel, aber ich sehe mich nur verschwommen.

Ich will wegrennen vor diesem Gefühl, das mich erfüllt und das ich nicht kenne. Aber meine Beine wollen mich nicht mehr tragen, und ich sinke auf den Boden des Waschraums.

In einer Dreiviertelstunde werden die Gänge voller Schüler sein. Bis dahin ist das Eis geschmolzen, und dein Spind wird pitschnass sein.

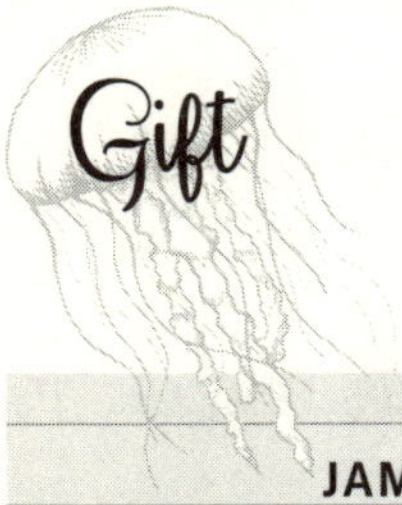

Gift

JAMIE, WIR BEIDE VERSTEHEN, *dass giftige Wesen nicht böse sind. Gift bietet ihnen Schutz. Je verletzlicher das Tier ist, desto besser muss es sich schützen. Je giftiger also das Tier, desto mehr verdient es, dass wir ihm verzeihen. Denn es hat unsere Vergebung am meisten nötig.*

Und was kann verletzlicher sein als eine Qualle, die nicht einmal Knochen hat?

Ich glaube, du verstehst das, und ich wollte dir nur sagen, dass ich es auch verstehe.

Es wäre schön, wenn wir uns über diese Dinge persönlich unterhalten könnten. Über Giftstachel, Gifte, Anfänge und Enden und all die Lebewesen, die sonst niemand zu verstehen scheint.

Schau mich an

ICH WARTE AN MEINEM SPIND AUF DICH. *Mein Herz schlägt wieder regelmäßig, ich bin nicht mehr von kaltem Schweiß bedeckt. Nur mein Magen rumort immer noch.*

Kurz bevor du deinen Spind erreicht hast, schließe ich meinen eigenen zu und gehe Richtung Klassenzimmer. Ich zähle die Sekunden. Ich drehe mich nicht nach dir um, noch nicht. Aber ich weiß es auch so: Du bist gerade dabei, das Schloss zu öffnen. Du drehst den Knauf. Jetzt machst du die Tür auf. Jetzt greifst du hinein.

Selbst als ich den Aufruhr mitbekomme, drehe ich mich nicht um.

Ich höre »Igitt!«. Von anderen Schülern kommt »Bäh!« und »Pisse! Es ist Pisse!«.

»Oh Mann, jemand hat in ihren Spind gepisst!«

Dann Gelächter. Eilige Schritte, als andere angerannt kommen, um zu sehen, was los ist. Ich spüre die große Aufregung, spüre die Energie, als hätte sie eine Form, ein Gewicht. Als wäre sie etwas, das man anfassen und berühren kann.

Jemand sagt: »Ich werde es im Sekretariat melden.« Dann höre ich wieder rasche Schritte.

In der Tür unseres Klassenzimmers bleibe ich stehen. Ich rücke meine Bücher zurecht, langsam und sorgfältig.

Erst als die Menge sich zerstreut, blicke ich hoch.

Deine Schultern sind rund, so als würdest du dich einrollen wollen.

Sie weint, *denke ich und habe das Gefühl, dass meine Gedanken sehr weit von mir entfernt sind.* Franny weint.

Jetzt musst du mich ansehen. Damit die Botschaft ankommt, damit du verstehst, musst *du mich ansehen.*

Die Glocke schrillt. Schüler drängen an mir vorbei ins Klassenzimmer. Sie lachen immer noch. Unser Lehrer fordert alle auf, sich zu setzen, aber ich bleibe an der Tür stehen.

Sieh mich an, *denke ich.*

Der Lehrer sagt: »Suzy Swanson, kommst du bitte?«

Neben der Tür ist ein Spitzer. Ich wühle in meiner Tasche, hole einen Stift heraus, stecke ihn in das Gerät und drehe an der Kurbel. Ganz, ganz langsam.

Draußen kommt die Schulsekretärin Mrs Hall mit Plastiktüten. Du stopfst alle deine Sachen nacheinander hinein. Deine Schultern beben heftig.

Unser Lehrer bittet die Klasse, dass alle ihre Schulbänke leer räumen. Ich drehe weiter den Stift im Spitzer.

Sieh. Mich. An.

Dann gehst du mit Mrs Hall in Richtung Sekretariat. Sie bietet dir nicht an, eine der Tüten zu tragen.

Mit jedem Schritt entfernst du dich etwas weiter von mir. Wenn du dich nicht bald umdrehst, kannst du meine Augen gar nicht mehr sehen.

Ihr biegt um eine Ecke. Und dann bist du verschwunden.

Natürlich frage ich mich nicht, ob ich dich gerade zum letzten Mal gesehen habe. Wieso sollte ich mich so etwas auch fragen?

Stattdessen denke ich bloß: Du hast mich nicht angesehen.

Und auf einmal begreife ich, dass dies für dich kein Neuanfang ist, sondern etwas völlig anderes.

Es ist ein Ende.

Ich stütze mich mit der Hand an der Wand ab und drehe mich zum Klassenzimmer, wo die anderen stapelweise Papier unter ihren Tischen hervorholen. Wenn wir uns mit dem Aufräumen beeilen, dann, so verspricht uns der Lehrer, würden wir noch einen Papierflieger-Wettbewerb veranstalten. Alle johlen. Alle außer mir.

Ich spüre gar nichts.

Das bleibt auch so, als die anderen während dieser letzten, völlig nutzlosen Stunden des Schuljahres ihre Papierflieger durchs Klassenzimmer segeln lassen. Ich spüre nichts, als ich während des abschließenden Picknicks allein dasitze, als die Busse vom Parkplatz losfahren und dieses schreckliche Schuljahr endgültig hinter mir zurückbleibt.

Erst viel später spüre ich etwas. Als ich ins Badezimmer gehe und mich auf die Toilette setze, entdecke ich einen roten Blutfleck in meiner Unterhose. Ich bin überrascht. Beim Anblick des Bluts verspüre ich tiefe Scham. Die dunkelrote Farbe schreit mich förmlich an. Wie eine Warnung.

Oder vielleicht wie eine Anklage.

Bestäubung

NACH MEINEM REFERAT husteten die anderen jedes Mal hinter vorgehaltener Hand »Medusa«, wenn ich im Schulflur an ihnen vorbeiging. Das ging den ganzen Tag so weiter, und um mir klarzumachen, dass das auf gar keinen Fall etwas Einmaliges gewesen war, setzten sie es auch am nächsten Morgen fort.

Das war nur einer der Gründe, warum ich mich entschloss, in der Mittagspause Mrs Turtons Einladung zu folgen.

Ich blieb im Türrahmen stehen und räusperte mich.

»Oh«, sagte sie, und ihr Gesicht hellte sich auf. »Suzy. Komm rein.« Sie holte einen zweiten Stuhl an ihr Pult und klopfte einladend auf die Sitzfläche. »Wie geht es dir?«, fragte sie, als ich mich gesetzt hatte.

Ich blickte auf ihre Schuhe. Es waren abgetragene, knöchelhohe Lederstiefel, wie man sie trägt, wenn man auf Abenteuerreise geht. Schuhe, wie sie auch Indiana Jones tragen könnte. Ich stellte mir die Schulkorridore als Wüste vor, in der Feinde in Tarnkleidung lauerten, während Mrs Turton durch die karge Landschaft hastete, um die Welt zu retten.

»Suzy, du bist eine hervorragende Schülerin«, sagte sie, »aber ich mache mir Sorgen um dich. Ich habe mit einigen deiner Lehrer vom vergangenen Jahr geredet, und sie sind alle der Ansicht, dass du dich irgendwie verändert hast. Menschen verändern sich, das ist ganz normal. Ich wollte nur sichergehen, dass es dir gut geht.«

Ich schaute auf ihre Stiefel und nickte.

»Schön«, sagte sie, aber sie klang nicht recht überzeugt. »Das freut mich.«

Nach einer langen Pause wechselte sie das Thema. »Du interessierst dich sehr für Naturwissenschaften, richtig?«

Ich dachte nach. Mich interessierte vieles von dem, was sie uns zeigte. Und auch vieles von dem, was ich im Internet fand. Mir gefiel, wie sich bestimmte Muster im Universum wiederholten – dass Sonnensysteme zum Beispiel Atomen ähneln können, oder ein Gebirgszug vom Weltall aus betrachtet einem mit Reif überzogenem Farnblatt ähnelt. Mir gefiel der Gedanke, dass in einem einzigen Sommermonat drei Millionen Käfer über mich hinwegfliegen, oder dass in einer Handvoll Erde Hunderttausende verschiedener Spezies leben. All das gab mir das Gefühl, dass ich das ganze Leben an einem Ort bleiben und trotzdem immer wieder Neues entdecken konnte. Ich fand die Vorstellung toll, dass all diese Dinge existierten und nur darauf warteten, wahrgenommen zu werden.

Aber manchmal konnte einem die Beschäftigung mit den Naturwissenschaften auch Angst einjagen. Der Gedanke, dass es Raubtiere und Beutetiere gab, gefiel mir nicht, und auch nicht die Vorstellung, dass ein Kaninchen hilflos im Maul eines Fuchses zappelte. Genauso wenig gefiel es mir, im Bett zu liegen und mir vorzustellen, dass wir, selbst wenn wir mit Lichtgeschwindigkeit reisen könnten, was niemand kann, 46 Milliarden Jahre brauchen würden, um an den Rand des Universums zu gelangen. Das ist dreimal so lange, wie das Universum überhaupt existiert. Außerdem dehnt es sich so schnell aus, dass es, wenn man endlich den Rand des heutigen Universums erreicht hätte, inzwischen bereits viel größer geworden wäre, sodass man niemals ans Ziel kommen würde.

Egal wie sehr wir uns anstrengen würden, wir wären für alle Zeiten in einer Art Zwischenort – im Nirgendwo – gefangen.

Und es gefiel mir auch nicht, auf einem hellblauen Punkt zu

leben, umgeben von endlosem Nichts, einem Nichts, das sich in alle Richtungen ausdehnte.

»Ich möchte dir etwas zeigen, Suzy«, sagte Mrs Turton. Sie ging an ihren Computer, drehte den Bildschirm in meine Richtung und rief ein Video auf. »Das habe ich mir gestern Abend angesehen. Vielleicht gefällt es dir.«

Sie drückte auf *Play*, dann nahm sie einen Stapel Papiere in die Hand und widmete sich ihrer Arbeit. Dass sie mich in Ruhe ließ, gefiel mir.

Das Video begann damit, dass ein Mann auf einer Bühne stand und zu einem Publikum sprach. Er lispelte ein wenig, während er über Bestäubung sprach, die er als »Weg der Natur zur Fortpflanzung« beschrieb. Dann war auf dem Bildschirm vor mir plötzlich eine sich im Zeitraffer entfaltende Blüte zu sehen. Sie hatte zarte Deckblätter, die beim Öffnen lila gestreifte, fadenförmige Blütenblätter freigaben.

Dies ist eine Blüte von der guten Sorte, dachte ich. *Das Wort* Blüte *kann so viele Bedeutungen haben. Quallenblüten* können schrecklich sein. Aber manche Blüten – zum Beispiel diese hier – sind wunderschön.

Plötzlich tauchte jemand in Mrs Turtons Tür auf.

Es war Justin Maloney.

»Mrs Turton?«, sagte er. Dann sah er mich. »Oh, hey, Belle«, sagte er.

Ich war so in das Video vor mir vertieft, dass ich mich zuerst gar nicht dagegen wehrte, dass er mich so nannte.

Mrs Turton schaute von ihrem Schreibtisch auf. »Ah, Mr Maloney. Bist du mit deiner Bibliografie fertig?«

»Ja«, sagte er ein bisschen verlegen. Er reichte ihr ein Blatt.

Sie las es durch und nickte dann. »Danke. Ich lege sie zu deinem Referat. Aber nächstes Mal musst du sie unbedingt *mit* dem Referat abgeben. Sie ist ein sehr wichtiger Teil davon. Hast du das verstanden?«

Er nickte und wollte gerade wieder gehen, als sein Blick auf meinen Bildschirm fiel. »Was siehst du dir da an, Belle?«

»Psst«, zischte ich. Schon wieder dieser Name. *Belle.* Ich starrte weiter auf den Bildschirm.

Eine Biene hob wie ein startender Helikopter in Zeitlupe von einer Blume ab. Sie flog zu einem Bienenschwarm, und gemeinsam schwirrten ihre Flügel wie millionenfache Herzschläge.

»Wow«, sagte Justin.

»Hol dir gern einen Stuhl«, sagte Mrs Turton.

Ich runzelte die Stirn. Aber entweder bemerkte Justin das nicht, oder es war ihm egal. Er zog sich einen Stuhl heran.

Als er sich setzte, flogen auf dem Bildschirm gerade Fledermäuse durch eine nächtliche Wüste. Ihre Knochen schienen im Mondlicht durch die zarte Membran ihrer Flügel.

Justin pfiff durch die Zähne. »Wahnsinn. Was ist das denn?«

Ich wusste es nicht. Mir kam es vor wie eine Sendung über alles Schöne auf dieser Welt.

Auf einmal tanzten auf dem Bildschirm eine Million Monarchfalter in Zeitlupe über den Himmel. All ihre Flügelschläge, all diese Farben, Gelb vor Blau, die Bewegungen ihrer Flügel. Ich hatte das Gefühl, als würde etwas in mir entzweibrechen.

Als das Video zu Ende war, fragte Justin: »Können wir uns die Stelle mit den Fledermäusen noch mal ansehen?«

Also machten wir das.

»Es wäre schön, wenn die Welt immer so aussehen würde«, murmelte Justin.

Mrs Turton schaute von ihren Unterlagen auf. »Das tut sie«, sagte sie schlicht.

Wir sahen uns das Video immer wieder an, bis die Glocke läutete, die Mittagspause vorbei war und wir zum Matheunterricht mussten.

Als wir auf den Flur hinaustraten, sagte Justin: »Danke, dass ich das mit anschauen durfte, Belle. Das war echt cool.«

Belle. Jetzt nannte er mich schon wieder so.

Ich hatte keine Ahnung, wieso er mir irgendwelche komischen Namen gab oder warum er mich ausgerechnet *Belle* nannte. Aber ich hatte genug. Ich blieb mitten im Gang stehen und stützte die Hände in die Hüften.

»Das ist ihr größter Körperteil, oder?«, fragte er. »Der aussieht wie eine Glocke? In deinem Referat hast du gesagt, dass es ›bell‹ auf Englisch heißt.«

Ich starrte Justin an. Er schob seinen Rucksack von einer Schulter auf die andere, und seine Lippen verzogen sich fast unmerklich zu einem kleinen Lächeln.

Da begriff ich, dass er von Quallen sprach. Vom Schirm der Qualle, der auf Englisch *bell* heißt, der Körperteil, der bei Quallen wie ein Herz pulsiert.

»Ich konnte Medusa noch nie leiden«, sagte er. »Diese Schlangen in ihrem Haar sind echt unheimlich.« Er tat so, als würde es ihn schaudern. »Belle ist ein besserer Name, findest du nicht?«

Justin wird mich nicht Medusa nennen, dachte ich. *Das will er mir damit sagen.*

Für einen Jungen, der neulich erst hatte nachsitzen müssen, weil er Wörterbücher aus dem Fenster unseres Klassenzimmers geworfen hatte, war er vielleicht gar nicht so übel.

Schweigend gingen wir zu dem Raum, in dem wir Mathe hatte, aber es war eine gute Art von Schweigen. Es war ein *Nichtsprechen*-Schweigen, die Art von Schweigen, die nur ganz wenige Menschen zu verstehen scheinen.

Die schlimmste Art von Schweigen

NACH MEINEM MISSGLÜCKTEN VERSUCH, *dir eine Botschaft zu schicken, der dazu geführt hat, dass alle deine Sachen mit Pipi durchnässt waren, warte ich darauf, dass das Telefon klingelt. Und wenn es klingelt, wird das kein schöner Anruf sein.*

Ich weiß nicht, wer anrufen wird. Vielleicht der Rektor. Vielleicht Mrs Hall, die deine Taschen nicht für dich getragen hat. Vielleicht auch deine Mom.

Deine Mom. Die all die nassen Kleider gewaschen und dich in den Armen gehalten hat, während du weintest.

Vielleicht wird es auch gar keinen Anruf geben. Möglicherweise schicken sie mir, wie im Fernsehen, die Polizei ins Haus, und ich werde in Handschellen abgeführt.

Mir bleibt nichts übrig, als zu warten.

Als meine Mom ins Zimmer kommt und mich fragt: »Sollen wir essen gehen, um das Ende des Schuljahres zu feiern?«, denke ich: Mom, du wirst so wütend auf mich sein.

Ich werde versuchen, es ihr zu erklären, es ihr verständlich zu machen. Aber ich weiß jetzt schon, dass das nicht funktionieren wird. Wenn du, die mich doch überhaupt erst um ein Zeichen gebeten hat, es nicht verstehen konntest, warum sollte es dann jemand anderes tun?

Ich verstehe es ja selbst nicht mehr.

Zwei Tage Schweigen

EIN TAG FUNKSTILLE IST ZU LANG. *Aber zwei Tage ohne einen Mucks sind unerträglich.*

Wahrscheinlich sammeln sie gerade Beweise.

Du musst doch wissen, dass ich das war. Es mag sein, dass du nicht verstanden hast, was ich dir damit sagen wollte, aber irgendwie – da bin ich mir sicher – weißt du ganz bestimmt, dass ich dahinterstecke.

Wo sind sie also alle?

Das Telefon bleibt stumm, niemand läutet an der Tür, und meine Mutter lächelt mich weiterhin an, als sei alles ganz normal.

Und ich wünsche mir nur, dass es endlich vorbei wäre.

Und noch mehr Schweigen

ERST NACHDEM VIER TAGE VERGANGEN SIND, *beginne ich, an andere Möglichkeiten zu denken.*

Vielleicht lässt du mich ja absichtlich schmoren.

Planst du vielleicht ein Zeichen an mich?

Oder weißt du vielleicht, dass dein Schweigen das Schlimmste ist, was du mir antun kannst?

Da begreife ich, dass das Telefon nicht klingeln wird. Niemand wird vor unserer Tür stehen. Nicht heute, nicht morgen, und auch nicht übermorgen.

Ich habe keine Ahnung, was ich sagen werde, wenn wir uns das nächste Mal sehen.

Was ich getan habe, hängt zwischen uns in der Luft und schwebt dort so stumm wie ein unvollendeter Satz.

Worüber ich nicht reden will

ICH WILL NICHT DARÜBER REDEN, *was in der St Mary Magdalene Episcopal Church in South Grove, Massachusetts, siebenundsechzig Tage nach dem letzten Schultag vor den Sommerferien und genau vier Tage nach Beginn des siebten Schuljahres passiert ist.*

Ich will nicht darüber reden, wie klebrig heiß es war, und wie voll, und dass meine Mom und ich zwar sehr früh da waren, aber trotzdem keinen Sitzplatz mehr bekamen. Ich will mich nicht daran erinnern, wie es war, im Kircheneingang zu stehen und nach Atem zu ringen, obwohl die Luft so dick wie Suppe war und alle viel zu dicht beieinanderstanden.

»Wer sind all diese Leute?«, fragte ich meine Mutter leise.

Sie legte mir die Hand auf den Arm und flüsterte: »Begräbnisse sind immer anders, wenn es um ein Kind geht.«

Normalerweise hätte ich sie darauf hingewiesen, dass das keine Antwort auf meine Frage war, aber mir war aufgefallen, dass sie die Lippen fest zusammengepresst hatte, so fest, dass von ihren Mundwinkeln lauter kleine Falten ausgingen.

Darüber will ich nicht reden, und auch nicht über die dröhnende Orgel, die so langsam und traurig spielte, dass ich erst fast gegen Ende des Liedes realisierte, dass es sich dabei um Somewhere Over the Rainbow *handelte.*

Oder wie ich mich an den Programmzettel klammerte (Woher kam der? Wer hatte ihn mir gegeben, und wann?) – vorne drauf ein Bild von dir am Strand. Du blinzeltest aufs Wasser hinaus, und man konnte deine Sommersprossen sehen. Die Träger deines Badeanzugs schnitten dir in die

Schulter. Dein Haar war zu einem Pagenkopf frisiert und kürzer, als ich es in Erinnerung hatte. Süß, *dachte ich. Dann fiel mir ein, dass du das immer gesagt hattest, und mein Magen hob sich ein bisschen.*

Unter dem Bild stand: Letztes Foto, aufgenommen am 19. August. *Wie wir alle inzwischen wussten, war das der Tag, an dem du gestorben bist.*

Ich fand es unglaublich grausam, ausgerechnet dieses Foto auf das Programm zu drucken, das an alle Leute verteilt wurde.

Ich erkannte einige der Trauergäste: die Vertrauenslehrer von unserer Schule, Mrs Turton, die dich gar nicht unterrichtet hatte und es jetzt auch nie mehr tun würde. Ich erblickte deine Nachbarin, deren Mann gestorben war, als wir noch gar nicht auf der Welt gewesen waren, und die uns immer in ihrem Pool hatte schwimmen lassen. Ich war überrascht, meinen Vater zu sehen, der neben Aaron und Rocco stand und den ich in seinem schwarzen Anzug fast nicht erkannt hätte. Ich sah den Schuldirektor und deine Großtante Lynda, die wir immer Plateau-Po genannt hatten, weil ihr Hintern so üppig war, dass man ein Glas Milch darauf abstellen konnte.

Und ganz in meiner Nähe sah ich zwei Mädchen in einer der letzten Kirchenbänke sitzen, mit runden Rücken und perfekten Pferdeschwänzen. Aubrey und Molly. Ihre Schultern bebten, und ich sah, dass sie weinten.

Jetzt sage ich dir etwas, das du vielleicht noch nicht weißt. Manchmal ist das Einzige, was eine Person auf einer Beerdigung verspürt, Hass. Ich sage dir, ich hasste diese Mädchen in diesem Moment – hasste sie, weil sie einen Sitzplatz hatten, und dafür, dass sie nicht von ihrem krausen Haar im Nacken gekitzelt wurden. Ich hasste es, dass sie überhaupt hier waren. Aber vor allem hasste ich sie dafür, dass sie weinten, hasste sie dafür, dass sie sich dir nahe genug fühlten, um weinen zu können, während ich nur steif wie ein Stock dastand und mir schrecklich übel war. Es war, als wären ihre Tränen und die Abwesenheit meiner Tränen der Beweis dafür, dass es richtig von dir gewesen war, mich zu verlassen, und dass ich dich im Grunde nie verdient hatte.

Nein, über all das will ich nicht reden. Nicht jetzt und auch in Zukunft nicht.

Aber drei Dinge will ich dir sagen.

Erstens: Die Kirche war erfüllt von Leben, Bewegung und Energie. Alle strengten sich furchtbar an, still zu sein, still zu sitzen. Aber es gelang ihnen nicht. Sie benutzten ihre Programmzettel als Fächer. Sie tupften sich die Augen ab. Ihre Rücken richteten sich auf und sackten wieder zusammen, richteten sich auf und sackten wieder zusammen, und manchmal bebten sie. Überall raschelte und schniefte und seufzte und schluchzte es. Es war ein solcher Aufruhr, dass einem fast schwindlig davon werden konnte. Es gab nur einen Ort, an dem es vollkommen still und ruhig war. Und das war ganz vorne. Die Kiste vorn beim Altar.

Und in dieser Kiste lagst du: perfekt und regungslos und für immer und ewig zwölf Jahre alt.

Zweitens: Zwei Vögel tanzten zwischen den Dachsparren hin und her. Ich schwöre dir, ich war die Einzige in der ganzen Kirche, die sie sah. Alle anderen blickten nach vorne oder nach unten, oder sie lehnten sich aneinander. Wenn sie nach oben geblickt hätten, dann hätten sie den Segelflug und das Flattern der Vögel dort gesehen.

Und als Letztes: Als alles vorbei war – nachdem die Männer dich in deiner Kiste weggerollt hatten und deine Mutter ihr mit wilder Verzweiflung hinterhergetaumelt war –, als ich draußen stand und all diese Fremden und Bekannten aus der Kirche strömten, hätte ich sie am liebsten angeschrien: Ich hasse euch. Ich hasse euch alle, *hätte ich am liebsten gebrüllt.*

Ich hasste nicht nur die anderen aus der Schule, weil sie so traurig taten. Weil sie so taten, als gehörte der Kummer ihnen. Dabei hattest du doch überhaupt nichts mit ihnen zu tun gehabt. Die Erwachsenen hasste ich genauso, weil sie nichts unternahmen. Weil sie gar nicht erst versuchten, die Situation irgendwie besser zu machen. Ich hasste sie alle, weil sie aufgegeben hatten.

Das war der Punkt: Sie alle hatten einfach aufgegeben.

Aber ich nicht. Nicht, als ich meinen Vater begrüßte und mich gleich wieder verabschiedete, und auch nicht, als Rocco und Aaron zu mir kamen und Aaron mich lange, lange umarmte. Und auch nicht, als meine Mom und ich schweigend zu ihrem Auto gingen. Nicht als ich das staubige Armaturenbrett sah und den Rückspiegel mit seiner Warnung, dass die Dinge oftmals näher sind, als sie auf den ersten Blick scheinen.

Mit einem Mal war angeblich alles vorbei, und es wurde erwartet, dass wir einfach mit unserem Leben weitermachen.

Aber ich war mir sicher: Im Gegensatz zu allen anderen würde ich nicht einfach akzeptieren, was geschehen war.

Die Dinge sind näher, als sie scheinen

»SU.« Die Stimme meiner Mutter klang so weit entfernt, als wäre sie in einem anderen Land. Dann legte sich ihre Hand auf meine Schulter, und für einen kurzen Moment war sie unerklärlicherweise neben mir, während ich durchs Wasser schwamm.

Ich öffnete die Augen und schaute mich um.

Mein Zimmer.

Traum.

Ich hatte geträumt. Jamie war da gewesen.

»Su, warum liegst du denn noch im Bett? Ich habe dich vor vierzig Minuten geweckt!«

Ich blinzelte. Mom trug ihre Arbeitskleidung, aber ihr Haar war unfrisiert.

Sie zog mir die Decke weg, und ich rollte mich zu einer Kugel zusammen.

Ich wollte nichts lieber, als wieder in den Traum zurückfallen, aus dem ich gerade erwacht war.

»Na komm, Su«, drängte Mom. »Du weißt doch, dass ich dich heute nicht zur Schule fahren kann. Ich hab gedacht, du machst dich längst fertig.«

Ächzend setzte ich mich auf.

»Haare. Zähne. Beeil dich«, sagte sie.

Während ich mich fertig machte, versuchte ich, mich an so viel wie möglich aus dem Traum zu erinnern.

Ich war im Wasser gewesen, als Mom mich geweckt hatte. Ich hatte mir Jamies Labor angesehen. Es war kein Gebäude am Ufer, sondern blendend weiß und trieb auf dem Wasser, umgeben von klarem blauem Meer.

Ich musste schwimmen, um Jamie zu erreichen. Er lächelte mich an, als würde er mich kennen und wüsste genau, warum ich hier war. Es war, als würde er mir sagen, ich solle nicht länger zögern.

Das Wasser, das Jamies Labor umgab, war voller Irukandji, das wusste ich irgendwie, keine Ahnung, woher.

Aber ich stieg trotzdem hinein und schwamm in seine Richtung.

Als ich näher kam, streckte Jamie die Hand nach mir aus. Und in diesem Moment sah ich ganz dicht bei mir eine Irukandji.

Ich würde gleich Jamie erreichen, und ich würde gleich gestochen werden. Und ich wusste nicht, was zuerst geschehen würde.

In diesem Moment war ich kurz davor, etwas zu begreifen. Etwas sehr Wichtiges.

Ich hörte, wie in der Küche eine Schublade aufging und Besteck klimperte. »Komm schon, Su«, rief Mom. Sie machte so viel Lärm, dass ich kaum nachdenken konnte.

Was war an dem Traum so wichtig gewesen?

Als ich in die Küche kam, beschmierte Mom gerade eine Scheibe Toast mit Butter. »Das musst du im Bus essen«, sagte sie. Mir fiel auf, dass sie zwei verschiedene Schuhe trug, und ich zeigte stumm auf ihre Füße.

Es dauerte einen Moment, bis sie begriff, was ich ihr zu sagen versuchte, und dann grummelte sie: »Um Himmels willen.« Sie reichte mir den Toast. »Hier.« Dann schaute sie auf die Uhr und rannte zurück in ihr Schlafzimmer. Ich hörte sie in ihrem Schrank wühlen, bis sie mit einem Paar ganz anderer Schuhe zurückkam. »Hast du deine Bücher?«

Ich nickte.

Mom schob mich aus der Tür und folgte mir. Barfüßig rannte sie zum Auto, ihre Schuhe immer noch in der Hand. Als sie rückwärts die Auffahrt hinunterfuhr, kurbelte sie das Fenster herunter. »Ich wünsch dir einen schönen Tag«, rief sie mir zu, während der Schulbus langsam auf mich zugefahren kam.

Ich hasste es, zur Schule gehen zu müssen. Ich hasste es, hier festzusitzen – in der siebten Klasse, in South Grove, an diesem Ort, zur Untätigkeit verdammt.

Und in diesem Augenblick verstand ich: Was auch immer in diesem Traum als Nächstes passieren würde – ob ich Jamie nun erreichte oder gestochen würde –, war auf jeden Fall besser, als stillzustehen. Der Stillstand war das Schlimmste. Das Warten und Nicht-Wissen und die Angst. Das war schlimmer als alles andere, was passieren konnte.

Schlimmer noch, als gestochen zu werden.

Vielleicht ist es ja gar nicht so verrückt. Vielleicht sollte ich wirklich zu Jamie fahren.

Warum eigentlich nicht?

Bridget Brown

VOR EINIGEN JAHREN haben drei Kinder in Jacksonville, Florida, an einem Frühlingstag ein Flugzeug bestiegen und sind den weiten Weg nach Nashville in Tennessee geflogen. Ganz allein, ohne die Begleitung von Erwachsenen.

Es stand damals in allen Zeitungen. Ich habe es im Frühstücksfernsehen gesehen. Die fünfzehnjährige Bridget Brown hatte mit Babysitten 700 Dollar zusammengespart. Sie fragte ihren Bruder Cody, elf Jahre alt, und den dreizehnjährigen Nachbarsjungen Bobby, wohin sie gerne verreisen würden. Bobby schlug Nashville vor, denn er wollte unbedingt nach Dollywood – das ist ein Themenpark mit einer Achterbahn und einer Dampflok.

Bridget Brown, Cody und Bobby nahmen ein Taxi zum Flughafen. Dort kauften sie drei Tickets und schafften es tatsächlich bis in das 950 Kilometer entfernte Nashville. Niemand stellte ihnen Fragen. Niemand hielt sie auf.

Der Mann, der ihnen die Tickets aushändigte, forderte sie sogar auf, sich zu beeilen, damit sie ihren Flug nicht verpassten.

Wenn die drei vorher Erkundigungen eingezogen hätten – wenn sie überhaupt irgendetwas geplant hätten –, dann wären sie garantiert nach Knoxville und nicht nach Nashville geflogen. Dollywood liegt nämlich nur 61 Kilometer von Knoxville entfernt, von Nashville jedoch 321 Kilometer.

Nachdem das Flugzeug gelandet war, stellten sie fest, dass sie nicht genug Geld hatten, um den Eintritt in den Park zu bezahlen.

Ich male mir aus, wie sie dastehen und ihr Geld zählen und bestrebt sind, nur ja keine Aufmerksamkeit auf sich zu ziehen. Ich frage mich, wie lange sie wohl im Flughafen gesessen und sich den Kopf darüber zerbrochen haben, was sie nun tun sollen.

Schließlich riefen sie ihre Eltern an und flogen wieder nach Hause zurück.

Die fünfzehnjährige Bridget Brown hat einen Fehler gemacht: Sie hat die Sache nicht richtig geplant. Wenn sie sich zuvor etwas Zeit genommen hätte – wenn sie eine Landkarte aufgeschlagen und ihr Geld gezählt hätte, wenn sie die durchschnittlichen Taxipreise in Erfahrung gebracht hätte und wenn sie die Entfernungen, Autobahnstrecken und Verkehrsverhältnisse überprüft hätte –, dann hätten die drei es bestimmt geschafft.

Sie wären garantiert bis nach Dollywood gekommen.

Es gibt andere dokumentierte Fälle von Kindern, die alleine irgendwohin fliegen. Das Besondere an dem Fall Bridget Brown ist jedoch Folgendes: Sie hat absolut nichts Verbotenes getan. Ihre Planung mag schlampig gewesen sein, aber sie hat keine Gesetze gebrochen.

Denn bei den meisten Fluggesellschaften dürfen Kinder über zwölf allein fliegen.

Ich habe das extra überprüft, um ganz sicherzugehen. Ich habe sämtliche Artikel über Bridget Brown gelesen. Und immer wieder findet sich da ein Satz, wonach es zu den Grundsätzen der Fluggesellschaft gehört, mit der sie nach Nashville geflogen ist, *dass Passagiere im Alter von zwölf Jahren und darüber ohne Begleitung Erwachsener reisen dürfen, vorausgesetzt, sie besitzen ein gültiges Flugticket.*

Das bedeutet, man kann als Kind ganz alleine reisen, es muss nur alles gut vorbereitet sein. Man braucht einen Plan, genügend Geld und muss einfach immer wieder tief Luft holen, damit man nicht die Nerven verliert.

Dann kann man ein Flugzeug besteigen und einfach so verschwinden.

Deadline

EINES TAGES BEGANNEN PLAKATE in den Schulfluren aufzutauchen.

> **WINTERBALL**
> **10. FEBRUAR**
> Wählt euer Lieblingsmotto!
>
> Zur Auswahl stehen:
> *Paris bei Nacht*
> *Tropisches Paradies*
> *Helden und Schurken*
> *Ein Abend in Hollywood*
>
> Stimmabgabe im Sekretariat
> Jeder Schüler nur eine Stimme

Bäh, dachte ich. *Ein Schulball.*

Ich konnte praktisch hören, was meine Mom sagen würde, wenn sie von dem Ball wüsste: *Geh hin,* würde sie sagen. *Du solltest hingehen, das wird sicher lustig.*

Ich blickte noch einmal zu dem Plakat auf und sah das Datum. 10. Februar. Das war gar nicht mehr so lange hin.

In genau diesem Augenblick beschloss ich drei Dinge:

1. Ich würde nicht für ein Motto abstimmen.
2. Ich würde nicht zu dem Ball gehen.
3. Am 10. Februar würde ich bereits nicht mehr im Land sein.

In diesem Augenblick war ich mir plötzlich ganz sicher. Ich würde nach Australien reisen.

Und jetzt hatte ich eine Deadline.

Seelenruhe

SELTSAM, DASS ICH MICH SOFORT VIEL BESSER FÜHLTE, nachdem ich beschlossen hatte, nach Australien zu reisen. Es war, als hätte sich von einem Moment zum anderen eine tiefe Seelenruhe auf mich gesenkt.

Nichts hatte sich verändert, und doch hatte sich alles verändert.

Ich hatte einen Plan und ein Ziel.

Es fühlte sich an, als hätte jemand die Tür einen Spaltbreit aufgezogen und einen einzelnen, schmalen Lichtstrahl hindurchgelassen. Allein zu wissen, dass es auf der anderen Seite Licht gab, machte es erträglicher, den ganzen Tag mit Leuten zu verbringen, die mich Medusa nannten und vom Schulball sprachen.

Jetzt musste ich nur noch alles vorbereiten: mir das nötige Geld besorgen, ein Ticket kaufen und zu Jamie fliegen.

Dann würde mich endlich, endlich jemand verstehen.

Ich verbrachte inzwischen all meine Mittagspausen in Mrs Turtons Klassenzimmer.

Justin gesellte sich häufig zu uns. »Immer noch besser als die Cafeteria«, war die einzige Erklärung für seine Anwesenheit, die er uns gab.

Mrs Turton schien es nichts auszumachen, dass Justin Kekskrümel auf dem Fußboden verstreute oder dass ich immer nur mit einem Schulterzucken antwortete, und wenn Justin mich Belle nannte, fragte sie nie, warum. Sie ließ uns einfach in Ruhe.

Es schien, als würde sie uns vertrauen. Sie vertraute darauf, dass es uns gut ging, wenn sie uns diesen Freiraum gab.

Häufig hatte sie etwas Interessantes vorbereitet, das wir uns anschauen oder anhören konnten. Manchmal brachte sie uns ein Buch mit, das uns ihrer Meinung nach gefallen würde – einen Bildband über die Tiefsee zum Beispiel, oder einen mit Aufnahmen eines so starken Mikroskops, dass einzelne Haare aussahen wie ein Mammutbaum, der sich bis zum Himmel reckt. Einmal zeigte sie uns ein Video, in dem ein Wissenschaftler über etwas »ganz Unglaubliches« sprach. Darüber, dass alles Leben aus den Atomen zerfallener Sterne besteht. Anders ausgedrückt: Die Sterne waren Teil von uns.

Wir waren aus Sternenstaub gemacht.

Und das erinnerte mich daran, wie Mrs Turton gesagt hatte, dass wir alle ein kleines bisschen Shakespeare in uns hatten.

Sarah Johnston klopfte an die Tür. »Mrs Hall hat mich gebeten, Ihnen das zu bringen«, sagte sie und reichte Mrs Turton ein Blatt Papier. Dann bemerkte sie uns, wie wir dasaßen und auf den Bildschirm starrten. »Entschuldigung«, flüsterte sie leise.

Mrs Turton nahm das Papier. »Danke, Sarah«, sagte sie lächelnd.

Sarah wandte sich zum Gehen, blieb jedoch in der Tür stehen. »Ja«, sagte der Astronom gerade, »ja, wir sind ein Teil des Universums, und wir leben im Universum. Aber vielleicht noch wichtiger als diese beiden Tatsachen ist, dass das Universum auch in uns lebt.«

Sarah hörte zu und blickte über unsere Schultern auf den Bildschirm.

»Wenn du möchtest, kannst du gerne bleiben«, bot Mrs Turton ihr an.

Sarah warf eine kurzen Blick zu mir und dann zu Justin. Ich hatte das Gefühl, dass sie womöglich gerne geblieben wäre.

Ich runzelte die Stirn, und Sarah bemerkte es. »Ähm, danke, vielleicht ein anderes Mal«, sagte sie und huschte zur Tür hinaus.

Gut so, dachte ich. *Das Letzte, was ich jetzt brauchen kann, ist noch eine Person in meinem Leben.*

Vor allem, da ich alles bald hinter mir lassen würde.

Wie man einen Fluchtplan schmiedet

WENN MAN NACH CAIRNS IN AUSTRALIEN, an den Rand des Great Barrier Reefs reisen will, um Antwort auf eine Frage zu erhalten, die niemand sonst gestellt hat, braucht man ziemlich viel Geld.

Das Flugticket würde über 1000 Dollar kosten, und das nur für den Hinflug. Außerdem brauchte ich eine Kreditkarte, um es überhaupt kaufen zu können.

Ich hatte keine Kreditkarte. Aber meine Eltern hatten beide eine. Und rein zufällig bezahlte mein Dad jeden Samstagabend unser Essen im Ming Palace mit einer leuchtend blauen Kreditkarte. Jede Woche lief alles genau gleich ab, der Abend folgte einem ganz bestimmten Rhythmus: gebratene Nudeln, Getränke, Suppe. Das Brutzeln von Essen, das flackernde Neonschild im Fenster: Chinesische Küche – geöffnet. Nach dem Essen legte der Kellner die Rechnung auf den Tisch, und Dad legte seine Kreditkarte darauf, bevor er aufstand und sich die Hände waschen ging.

Alle unsere Abendessen im Ming Palace liefen genau so ab – wie Wellen, die nacheinander ans Ufer schwappen. Das konnte einem auffallen oder auch nicht.

Mir fiel es auf.

Eines Abends, nachdem mein Vater vom Tisch aufgestanden war, nahm ich die Kreditkarte an mich. Ich hielt sie in der Hand und zählte die Sekunden, bevor die Kellnerin kam, um sie mitzunehmen.

Eins, zwei, drei, vier ... bis *einundvierzig*.

In den darauffolgenden Wochen versuchte ich es immer wieder. Manchmal blieb mir sogar noch länger Zeit – 91 Sekunden, 83 Sekunden, 123 Sekunden.

Eines Abends im Dezember hatte ich eine pinkfarbene Karteikarte dabei. Als Dad den Tisch verließ, fing ich an, das, was auf der Kreditkarte stand, abzuschreiben.

In der darauffolgenden Woche hatte ich die Karteikarte wieder dabei. Es waren sechs Abendessen nötig, und es dauerte bis ins neue Jahr, dann hatte ich alle Informationen beisammen.

Ich notierte mir alles, jede Nummer und jeden Buchstaben. Ich schrieb auch die Wörter ab, die in der oberen linken Ecke standen. *Chase & Freedom*, was so viel hieß wie Jagd und Freiheit. Mein Englischlehrer würde es als Oxymoron bezeichnen, weil man keine echte Freiheit besitzen kann, wenn man gejagt wird. Aber vielleicht war es gar kein Oxymoron. Vielleicht bedeutete es nichts anderes, als dass ich auf der Jagd nach Freiheit war.

Ich zeichnete alles ganz genau ab: die vier Trapeze, die zusammen eine Art Kreis bildeten. Das war das Logo von Chase & Freedom. Und auch das Gültigkeitsdatum sowie die genaue Namensnennung. JAMES P. SWANSON.

Sogar das, was auf der Rückseite stand, schrieb ich ab, auch wenn es mir nicht bedeutsam erschien: die Adresse der Bank sowie die Nummer der 24-Stunden-Servicehotline. Ich zeichnete sogar den glänzenden Adler ab, der, je nachdem, wie man die Karte hielt, aufleuchtete und wieder verschwand. Ich ließ nichts aus, da ich ja nicht wusste, welche Information wichtig sein könnte.

Wenn Dad an unseren Tisch zurückkehrte, war die Karteikarte längst wieder in meiner Tasche verschwunden.

Nach sechs Abendessen im Ming Palace war es so weit: Meine pinkfarbene Karteikarte war eine genaue Kopie der blauen Hochglanz-Plastikkarte meines Vaters.

Als ich an jenem Abend wieder zu Hause war, versteckte ich die Karteikarte ganz hinten in meiner Sockenschublade.

Ich überlegte nicht, ob es richtig war, was ich tat, oder nicht. Mein Dad würde alles verstehen – nachdem ich bewiesen hatte, was zu beweisen war, und ihm alles genau erklärt hatte, würde er es ganz sicher verstehen.

Kleingeld

ES GAB GAB DA NOCH ETWAS, das ich unbedingt für meine Reise nach Australien brauchte.

Und das war Bargeld. Die Kreditkarte meines Vaters würde nicht reichen. Ich brauchte Bargeld für ein Taxi und für Essen. Vielleicht war es besser, auch mein Hotelzimmer in bar zu bezahlen. Auf diese Weise würden meine Eltern mich nicht ganz so leicht aufspüren.

Ich wollte nicht, dass mich irgendjemand fand, bevor ich die Antwort auf meine Frage erhalten hatte.

Es gab mehrere Möglichkeiten, um an Bargeld zu kommen. Als Erstes zertrümmerte ich mein Sparschwein. Seit Jahren steckte ich Geld in den Schlitz: die 5 Dollar Taschengeld, die ich wöchentlich bekam, sofern meine Mom sich daran erinnerte oder ich nicht vergaß, sie zu fragen.

Die anderen aus meiner Klasse gaben ihr Taschengeld im Einkaufszentrum aus oder gingen mit Freunden ins Kino. Aber ich mochte das Einkaufszentrum nicht, und ich hatte keine Freunde, mit denen ich ins Kino hätte gehen können.

Ich zählte jeden Fünfdollarschein, jeden verknitterten Eindollarschein, jede Münze. Zu meiner Überraschung stellte ich fest, dass ich bereits 283,62 Dollar gespart hatte. Das war ziemlich viel Geld, aber noch lange nicht genug.

Ich brauchte mehr, also musste meine Mutter herhalten.

Jede Woche nahm ich nun einen kleinen Betrag aus ihrem Geldbeutel. Ich passte immer genau auf, dass es nicht zu viel war. Wenn sie zum Beispiel 40 Dollar in ihrem Geldbeutel hatte, nahm ich vier oder fünf davon. Wenn es nur 21 Dollar waren, begnügte ich mich mit drei oder vier. Eine andere Mutter hätte stets den Überblick über ihr Geld gehabt, aber meine nicht. Meine Mom war unglaublich zerstreut, schaffte es gerade so noch rechtzeitig zu ihren Hausbesichtigungen und suchte ständig in Küchen- und Kleiderschränken nach irgendetwas, das sie verlegt hatte. Mom behielt nie über irgendetwas den Überblick. Sie gab mir immer noch jeden Tag Geld für das Mittagessen in der Cafeteria, obwohl ich inzwischen alle Mittagspausen bei Mrs Turton verbrachte.

Wenn ich alles zusammenzählte – das Essensgeld, das aus Moms Geldbeutel geklaute Geld, die herumliegenden Scheine und Münzen –, dann würde ich bei meiner Abreise wahrscheinlich noch mal 250 Dollar Bargeld haben.

Auf diese Weise würden hoffentlich 500 Dollar zusammenkommen. Das würde gerade für die Taxigebühren und ein paar Mahlzeiten und vielleicht einige Übernachtungen in einem eher schäbigen Hotel reichen.

Wie es danach weitergehen sollte, war schwer vorherzusagen. Ich nahm an, dass meine Eltern mir helfen würden, sobald sie mich gefunden hatten, aber sicher sein konnte ich da nicht. Vielleicht würden sie in ihrer Wut beschließen, mich meinem Schicksal zu überlassen, und ich musste selbst sehen, wie ich wieder nach Hause gelangte. Ich hatte keine Ahnung, wie sie reagieren würden. Und ehrlich gesagt, hatte ich auch keine Lust, so weit in die Zukunft zu denken.

Ich schob das Geld in einen Briefumschlag und sah dabei zu, wie er immer dicker wurde.

Manchmal fiel es mir so schwer, Geld aus Moms Börse zu stibitzen, dass ich Magendrücken bekam und mich hinlegen musste. Aber ich versicherte mir, dass ich das Richtige tat. Schließlich war Mom ja diejenige gewesen, die gesagt hatte: *Manchmal passieren Dinge einfach.* Sie war diejenige gewesen, die als Erste alles falsch verstanden hatte. Hätte sie mir zeigen können, dass die Welt trotzdem noch Sinn ergab und alles wenigstens eine gewisse Ordnung hatte, dann würde ich diese Reise wahrscheinlich gar nicht ins Auge fassen.

Aber das hatte sie nicht. Sie hatte die Schultern gehoben und *Manchmal passieren Dinge einfach* gesagt und war davon ausgegangen, dass das genug war.

Also hatte ich keine Wahl. Ich musste ihr Geld nehmen.

Ich wollte nicht so enden wie Bridget Brown.

Ich wollte auf alles vorbereitet sein.

Auf Wiedersehen, Thor

AN DEM TAG, als wir im Labor einen Regenwurm sezieren mussten, saßen Justin und ich stumm vor dem Tablett auf unserem Tisch. Darauf lagen einige Skalpelle und ein paar Stecknadeln mit bunten Plastikköpfen. Außerdem noch eine Lupe und eine kleine Schüssel mit Desinfektionsmittel.

In der Mitte stand eine kleine Glasschale, in der ein toter Wurm lag.

Ich starrte ihn an. Justin beobachtete mich.

»Ich nehme an, du willst, dass ich das Schnippeln übernehme?«

Ich nickte.

»Keine Sorge, Belle«, sagte er und tätschelte meinen Arm. »Ich mach das schon.« Mit einer Pinzette nahm er den toten Regenwurm und legte ihn vor uns auf den Tisch. Der Wurm lag leblos da wie ein Stück Faden.

Ich musste an Angel Yanagiharas Maus denken. Und an den Frosch, den Dylan vergangenes Jahr an den Baum geschleudert hatte.

Der Geruch des Konservierungsmittels stieg mir in die Nase.

Justin nahm ein Messerchen und berührte den Wurm damit vorsichtig.

Plötzlich zögerte er. »Weißt du was?«, sagte er. »Ich finde, wir sollten dem Kleinen einen Namen geben. Er hat ein bisschen Würde verdient.«

Mir gefiel der Gedanke. Ich lächelte.

»Wie wär's mit Moe?«, fragte er.

Ich schnitt eine Grimasse.

»Peter, der schlimme Erdfresser?«

Ich schüttelte den Kopf.

»Thor?«

Thor. Ein großer Name für einen kleinen Kerl. Ich lächelte ein bisschen. Aber das reichte.

»Oh, mächtiger Thor«, sagte Justin und betrachtete den Wurm. »Du magst vielleicht klein von Gestalt sein, aber dein beinloses kurzes Leben ist ein großes Geschenk für uns, um wissenschaftliche Methoden kennenzulernen. Und damit wir nicht die siebte Klasse wiederholen müssen.« Während er sprach, schlitzte Justin den Wurm mit einem sauberen Schnitt der Länge nach auf. »Wo wir gerade von Namen sprechen: Heißt Schneewittchen nicht auch Belle?«

»Die Schöne«, sagte ich.

Er blickte mich überrascht an. Dann grinste er übers ganze Gesicht. »Hey, hey, hey. »REDET da etwa jemand?«

»Ich kann reden«, sagte ich. »Wenn es etwas zu sagen gibt. Und es ist nicht Schneewittchen, sondern die Schöne.«

»Die Schöne?«

»Aus *Die Schöne und das Biest*.«

»Oh.« Justin dachte einen Augenblick lang nach. »Heißt das, ich bin das Biest?«

Ich zuckte die Schultern.

»Das Biest ist ein Bösewicht, oder?«, fragte er.

Ich schüttelte den Kopf. »Er ist eigentlich ganz in Ordnung. Er jagt den Leuten, die ihn nicht kannten, nur Angst ein, das ist alles.«

»Hm«, sagte Justin. »Das passt ja irgendwie zu mir.«

Er legte vorsichtig das Innere des Regenwurms frei, bis die grauen Eingeweide zum Vorschein kamen und die schimmernden Geschlechtsteile, die aussahen wie weiße Minibohnen frisch aus der Dose. Ich schrieb mit, während er den Wurm in seine Einzelteile zerlegte.

Mitten beim Sezieren fing Justins Stoppuhr an zu piepsen, und er legte das Skalpell beiseite. Er griff in seine Tasche und holte seine Pille aus der Dose.

Ich streckte die Hand danach aus.

Justin zögerte. »Ich würde sie an deiner Stelle lieber nicht nehmen«, sagte er.

Ich streckte ihm die Zunge raus – natürlich würde ich seine blöde Tablette nicht nehmen –, und schließlich reichte er sie mir.

Ich drehte die Tablette um. Auf der einen Seite war ein Sechseck, von dem eine Linie ausging. Das Zeichen sah aus wie eine 6 oder eine 9 oder vielleicht wie eine geometrische Schnecke. Ich gab sie ihm zurück. »Worin besteht der Unterschied?«

»Was für ein Unterschied?«

»Wie ist es, bevor du sie nimmst, und wie danach?«

»Ah.« Er nickte und blickte mit hochgezogener Augenbraue auf den Wurm. »Es ist wie …« Eine Zeit lang saß er da und sagte kein Wort.

»Na ja, bevor ich sie nehme …«, überlegte er laut, »habe ich das Gefühl, als würde alles gleichzeitig auf mich einstürmen, sodass ich mich gar nicht mehr zurechtfinde.«

»Was meinst du mit *alles*?«

»So wie ich es sage. Einfach alles.« Er ließ den Blick durch den Raum schweifen. »Das Ticken der Uhr, die Farben der Kleider, die die anderen anhaben, alles, was mir im Kopf rumgeht, das ständige Reden und die Hausaufgaben, die ich vergessen habe, der harte Stuhl und dass wir in der nächsten Stunde Sport haben und wir vielleicht Volleyball spielen, aber vielleicht auch Feuer, Wasser, Luft, und dass mein Arm juckt und … überhaupt alles. Es scheint sich alles zu verknäulen. Außerdem ist es schrecklich laut. Es ist so laut, dass ich keinen klaren Gedanken fassen kann. Wenn ich die Pille nehme, ist es anders. Ich selbst fühle mich gar nicht anders, aber die Welt ist anders.«

Er biss sich auf die Lippe und versuchte es mir noch genauer zu erklären. »Die Welt ist nicht mehr ganz so ... verwirrend. Als wäre mehr Abstand zwischen allem. Und es ist irgendwie nicht mehr so laut.« Er blickte auf die Tablette in seiner Hand. »Also runter damit.« Er warf sie sich in den Mund und schluckte.

»Wie ein Orchester«, sagte ich leise.

»Hm?«

»Es ist wie der Unterschied zwischen willkürlichen Geräuschen und dem Zusammenspiel eines Orchesters«, sagte ich und blickte wieder in meinen Schoß.

»Genau«, sagte er nachdenklich. Ich hörte ihm an, dass er überrascht war. »Genauso ist es.«

Ich hob den Kopf und merkte, dass er mich fast bewundernd ansah. Bei seinem Blick fühlte ich mich unwohl, also sagte ich: »Lass uns das hier fertig machen.«

Und ehrlich gesagt war der Rest der Sezierung gar nicht mehr so schlimm, sondern sogar ziemlich interessant.

Vor dem Ende der Stunde sprach Justin noch ein letztes Mal mit Thor.

»Vielen Dank, mächtiger Thor«, sagte er, »dass wir deine Samentaschen sehen durften. Mögest du in Frieden ruhen.«

Wie man sich verabschiedet

ANFANG FEBRUAR, nur eine Woche vor dem Schulball, saß ich wieder einmal bei Dr. Legs.

»Gibt es etwas, worüber du heute reden möchtest, Suzanne?«

Ich schüttelte den Kopf.

Lange saßen wir schweigend da. In Gedanken erstellte ich eine Liste aller Dinge, die ich für die Reise brauchen würde.

Inzwischen hatte ich fast alles beisammen. Einen Umschlag mit Geld sowie die Telefonnummern zweier Taxiunternehmen: der Cairns Cab Company und des Coral Sea Coach Shuttleservice.

Vergangene Nacht hatte ich ein Zimmer im Tropicana Lodge Motel gebucht, dem günstigsten Hotel, das ich finden konnte.

Ich war auf dem Laufenden, was die Wechselkurse und den Wetterbericht anging (es war Sommer auf der anderen Seite der Welt, die Tage waren lang und warm). Außerdem hatte ich mir Übersichtskarten für den öffentlichen Nahverkehr angeschaut und Waschsalons herausgesucht, für den Fall, dass ich länger bleiben würde und mir die saubere Wäsche ausging.

Ich hatte australische Begriffe auswendig gelernt und wusste jetzt, dass *blue* Streit bedeuten kann, dass *to make a blue* so viel heißt wie: einen Fehler machen, und dass *bluey* entweder ein Hund, eine Jacke, eine Ausrüstung, ein Rotschopf oder eine Portugiesische Galeere sein kann.

Ich kannte den Weg vom Flughafen zum Motel und vom Motel zu Jamies Büro.

Ich hatte meine Reise so genau geplant, dass ich sie mir ganz genau vorstellen konnte. Ich sah mich selbst, wie ich aus dem Flugzeug stieg, hinein in den australischen Sommer. Ich sah, wie ich Jamies Hand schüttelte und mit ihm zum Ozean spazierte. Ich sah vor mir, wie ich meine Eltern anrief, um ihnen zu erzählen, was ich herausgefunden hatte.

Was ich mir dagegen nicht vorstellen konnte, war der Abschied von zu Hause.

Ich sah Dr. Legs an, die das tat, was sie immer tat. Sie verschränkte die Hände in ihrem Schoß und blickte ins Leere.

»Ich habe eine Frage«, sagte ich. So kurz vor meiner Abreise hatte ich schließlich nichts mehr zu verlieren, oder?

Sie wirkte kurz überrascht, fing sich aber schnell wieder, sah mich an und lächelte. »Ich werde sie dir gerne beantworten, Suzanne.«

»Wie ...« Ich zögerte.

Ich wollte zwei Dinge wissen. Zum einen, wie ich das mit meiner Reise machen sollte – wie ich mein Zuhause und alle, die ich kannte, einfach so verlassen und in das Flugzeug steigen konnte, ohne die Gefühle meiner Familie zu verletzen.

Ich unternahm einen neuen Anlauf. »Wie ...«

Ratlos schüttelte ich den Kopf. Es war so schwierig zu erklären.

»Frag mich einfach, Suzanne«, forderte Dr. Legs mich auf. »Was immer es ist, es ist okay.«

»Wie ... verabschiedet man sich von jemandem?«

Das war zwar nicht das, was ich meinte, aber es kam der Sache ziemlich nahe.

»Oh, Suzanne.« Dr. Legs sah mich lange an, und ihre Miene wurde weich. Ehrlich, sie sah aus, als würde sie jeden Moment anfangen zu weinen. »Bist du bereit, Abschied zu nehmen?«

Ich zuckte mit den Schultern.

»Es ist inzwischen fast ein halbes Jahr her, oder?«

Was war ein halbes Jahr her? Wovon redete diese Frau eigentlich? Dann begriff ich. *Oh. Das.*

Sie presste die Lippen zusammen und schüttelte den Kopf. Dabei sah sie mich die ganze Zeit mit diesem weichen Blick an. »Sich zu verabschieden ist wichtig«, sagte sie. »Ein Abschied ermöglicht es uns, unser Leben fortzuführen.«

Ich rutschte auf meinem Stuhl herum. Was sie da sagte, war nicht gerade hilfreich.

»Es gibt keine Zauberworte«, sagte Dr. Legs. »Es gibt keinen richtigen Weg, sich zu verabschieden. Bei jedem ist das anders. Aber das Wichtigste ist, dass du einen Teil dieser Person in deinem Inneren bewahrst.«

Ich versuchte mir vorzustellen, meine Familie mit mir zu nehmen – doch ich sah bloß Miniaturausgaben von Mom, Dad, Aaron und Rocco vor mir, die ich wie winzige Püppchen in meine Tasche stecken konnte.

»Am Ende«, fuhr Dr. Legs fort, »ist es immer ein Geschenk, dass wir mit den Menschen, die wir lieben, Zeit verbringen durften. Selbst wenn diese Zeit nicht perfekt war oder viel zu früh geendet hat. Selbst, wenn diese Person uns verlässt.«

Selbst, wenn diese Person uns verlässt. Aber diesmal war natürlich ich diejenige, die gehen würde.

Ich stellte mir vor, wie meine Mom in ein leeres Haus zurückkehrte. Wie mein Dad im Ming Palace auf mich wartete und einsam sein Bier trank. Vielleicht wären alle erleichtert, wenn ich fort war. Dann hätten sie endlich eine Pause von meinem beharrlichen Schweigen. Eine Zeit lang würde ihr Leben nicht mehr von meiner Stille zugekleistert werden.

Dr. Legs kniff die Augen zusammen und legte den Kopf schief. »Ergibt das für dich einen Sinn, Suzanne?«

Ich wusste wirklich nicht, was gerade überhaupt noch irgendeinen Sinn ergab.

Dr. Legs ließ mich nicht aus den Augen.

Ich begann mich unwohl zu fühlen, deshalb murmelte ich: »Doch. Ja. Irgendwie schon.«

»Ich bin so stolz auf dich, Suzanne«, sagte sie. »Du hast einen weiten Weg zurückgelegt.«

Ich habe gar keinen Weg zurückgelegt, hätte ich am liebsten erwidert. *Ich bin nirgendwo gewesen.*

Aber das würde sich jetzt ändern.

Auf Wiedersehen, Ming Palace

AM LETZTEN SAMSTAG vor meiner Abreise saßen Dad und ich in unserer Nische auf den pinkfarbenen Kunststoffsitzen im Ming Palace, so wie immer.

Ich war nicht wie Bridget Brown. Ich hatte meine Hausaufgaben gemacht und dabei vier Dinge gelernt:

1. Dienstags, gegen 15 Uhr, ist die beste Zeit, um einen bezahlbaren Flug zu buchen.
2. Flüge, die mittwochs oder donnerstags stattfinden, kosten meist weniger als Flüge am und um das Wochenende.
3. Zufällig hatte meine Mom an diesem Donnerstag einen sehr frühen Hausbesichtigungstermin.
4. Sobald ich meinen Flug gebucht hatte, würde das auf Dads Kreditkartenauszügen erscheinen. Da ich nicht wusste, wann er die Abrechnung erhielt, musste ich vorsichtig sein. Es war also ratsam, das Ticket möglichst kurz vor meinem Abflug zu kaufen.

Das bedeutete: Ich würde mein Ticket am kommenden Dienstag um 15 Uhr kaufen und am Donnerstagmorgen aufbrechen.

Freitagabend würde ich in Australien landen, während meine Klassenkameraden beim Schurken-und-Helden-Schulball eintrudelten.

Seit ich mit dem *Nichtsprechen* angefangen habe, war ich einundzwanzig Mal im Ming Palace gewesen und habe dort zu Abend gegessen. Wenn man pro Essen ungefähr eine Stunde rechnet, dann entspricht das rund 350 000 Quallenstichen.

Nächste Woche um diese Zeit würde ich schon auf der anderen Seite der Welt sein.

Ich überlegte gerade, ob es in Australien chinesische Restaurants gab, als Dad sagte: »Oh, hey, ich habe etwas gelesen, das dich interessieren könnte.«

In letzter Zeit sprach Dad so mit mir, wie Rocco redete, wenn er tote Schriftsteller zitierte: Er sprach in die Luft, als sei es ihm egal, ob jemand zuhörte.

Ich tunkte eine gebratene Nudel in die kleine weiße Schale mit der Entensoße.

»Anscheinend hat man nicht weit von hier Spuren von Dinosauriern gefunden«, fuhr er fort. »Mehrere Hundert Fußabdrücke. Ein Baggerfahrer hat sie rein zufällig entdeckt, und inzwischen hat man drum herum einen Besucherpark errichtet.« Er steckte sich eine knusprige Nudel in den Mund. »Vielleicht könnten wir beide ja mal hingehen.«

In nächster Zeit eher nicht, dachte ich. Und verspürte plötzlich einen Anflug von Übelkeit.

Die Kellnerin brachte unsere Getränke. Die Eiswürfel in meinem Shirley Temple klirrten.

»Das klingt doch ziemlich cool«, sagte Dad. Er nickte der Kellnerin dankend zu und schenkte sich sein Bier ein. »Wir könnten Wege laufen, die auch schon von Dinosauriern begangen wurden. Angeblich gab es im ganzen Tal welche.«

Ich dachte darüber nach, dass Dinosaurier, echte Dinosaurier, nicht weit von dem Ort gelebt hatten, wo ich jetzt, viele Millionen Jahre später, in einem chinesischen Restaurant saß und einen Shirley Temple trank.

Während wir aßen, beobachtete ich die Fische im Aquarium. Die armen Tiere hatten nicht die geringste Ahnung, dass es riesige Ozeanaquarien gab, ganz zu schweigen von dem echten Ozean. Für sie war dieser Glaskasten die ganze Welt.

Als der Kellner nach dem Essen unsere Glückskekse brachte, stellte ich fest, dass meiner keine Botschaft für mich enthielt.

Ich streckte die Hand nach Dads Zettel aus, um seine Glücksbotschaft zu erfahren. Auf dem Papier stand: EINE UNBESCHWERTE LANGE REISE! GROSSE ERWARTUNGEN!

Ich runzelte die Stirn, denn diese Botschaft hätte eindeutig besser zu mir gepasst.

Auf dem Nachhauseweg hörten wir die Nachrichten: Im Westen des Landes gab es Waldbrände, auf der anderen Seite der Welt Erdrutsche. Ärzte hatten in einer zehnstündigen Operation einem kleinen Jungen einen riesigen Tumor herausoperiert, der mehr wog als der Junge selbst. Ich versuchte, mir das vorzustellen. Ein Junge, auf dessen Kopf ein Klumpen sitzt, der genauso groß ist wie er selbst. In meinen Gedanken wurde daraus ein Riesenballon, der den Jungen davontrug.

Plötzlich nannte der Nachrichtensprecher einen Namen, den ich kannte: Diana Nyad.

»… Diana Nyad ist derzeit mit den abschließenden Vorbereitungen für ihren fünften Versuch beschäftigt, ohne den Schutz eines Haikäfigs von Kuba nach Florida zu schwimmen«, sagte der Sprecher. »Ihre drei vorherigen Versuche scheiterten daran, dass sie von Quallen –«

»Himmel noch mal!«, rief Dad verärgert und wich einem Auto aus, das plötzlich auf die Fahrbahn gebogen war. »Na klar«, knurrte er, so als könnte der andere Fahrer ihn hören. »Du hast natürlich immer Vorfahrt.«

»Psst«, zischte ich und drehte das Radio lauter.

»Wie die vierundsechzigjährige Nyad mitteilte, hofft sie, mit ihrem fünften Versuch endlich den Sieg über die Quallen davonzutragen.« Dann wandte sich der Nachrichtensprecher einem anderen Thema zu.

Die Hände fest am Steuer, sah Dad mich an. »Verfolgst du diese Sache?« Er klang überrascht.

Schulterzuckend schaute ich aus dem Fenster. Diana Nyad war zwar Furcht einflößend, aber irgendetwas an ihr gefiel mir sehr: Sie wusste genau, was sie wollte, und ließ sich von nichts und niemandem davon abbringen. Sie weigerte sich, Begrenzungen anzuerkennen, weder Entfernung noch Alter, ja nicht einmal Quallenstiche hielten sie auf.

Vor Moms Haus sagte Dad wie immer: »Gute Nacht, Kleine.«

Ich stieg aus, ebenfalls wie immer.

Er wartete in der Auffahrt, bis ich im Haus war. Bevor ich durch die Tür trat, drehte ich mich noch einmal um und winkte.

Auf Wiedersehen, Dad.

Er ließ die Scheinwerfer kurz aufleuchten, dann fuhr er rückwärts die Auffahrt hinunter.

Die wichtigste Erfahrung, die ich beim *Nichtsprechen* gemacht habe, ist die: Es ist viel, viel leichter, ein Geheimnis zu bewahren, wenn man sowieso kein Wort sagt.

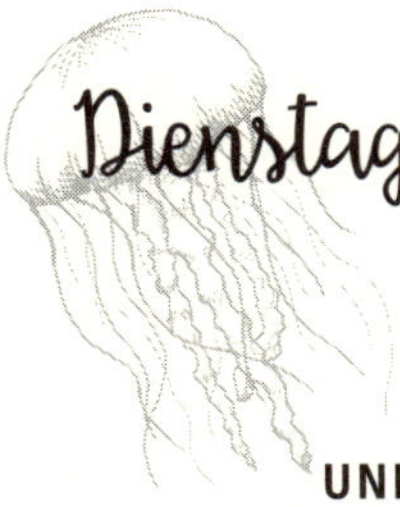

Dienstag, 15 Uhr

UND DANN WAR DIENSTAG. Der Tag, an dem ich mit Dads Kreditkarte mein Flugticket kaufen würde. Das Ticket zu kaufen, war ein Kinderspiel. Ich gab das Abflugdatum und mein Reiseziel ein. Ich würde zuerst nach Chicago, dann nach Hongkong und schließlich nach Brisbane fliegen. Dass ich tatsächlich an all diesen Orten sein würde, konnte ich mir kaum vorstellen. Hier, in meinem kleinen Zimmer in South Grove, kamen mir all diese Städte ganz unwirklich vor.

Und eineinhalb Tage nach meiner Abreise wäre ich dann schließlich in Cairns.

Ich gab alle Zahlen ein, die auf der Kreditkarte standen, den vollen Namen meines Dads, das Gültigkeitsdatum. Alles.

Auf der Website, auf der ich den Flug reservierte, befand sich ganz unten ein großer roter Button. *Kauf abschließen.*

Ich klickte ihn an. Einfach so.

Und mein Plan wurde Wirklichkeit.

Ich saß eine Weile da und atmete tief durch.

Dann stand ich auf und rief bei Green Hills Airport Shuttle an. Ich erklärte, dass ich für einen Interkontinentalflug zum Flughafen müsste. Ich sagte es ganz selbstbewusst, als würde ich ständig durch die Gegend fliegen.

Die Person am anderen Ende der Leitung klang nicht überrascht. Sie fragte auch nicht nach meinem Alter. Sie fragte nur nach der Abflugzeit und teilte mir dann mit, wann ich abgeholt werden würde.

Ich hatte zwei Möglichkeiten: Das Shuttle hielt entweder am College, in dem Aaron als Trainer arbeitete, oder vor einem Hotel in der Innenstadt.

Das College war riskanter, aber näher. Ich konnte es zu Fuß erreichen.

Also gab ich an, dass ich das Shuttle vom Campus aus nehmen wollte, und erfuhr, dass es 54 Dollar kosten würde. In bar.

Und damit war alles geregelt.

Mittwoch

AM NÄCHSTEN TAG, meinem letzten Schultag, war ich den ganzen Tag über seltsam euphorisch.

Ich bin fertig mit alldem hier.

Ich gehe, und ich werde erst wiederkommen, wenn ich etwas Wichtiges bewiesen habe.

Ich schwebte geradezu durch die Flure, als wäre ich hier und gleichzeitig ganz woanders. Beinahe wie ein Geist. *Geisterherz.*

Am Ende des Schultags kam Justin zu mir an den Spind. »Hallo, Belle«, sagte er. »Kommst du am Freitag zum Schulball?«

Für einen Augenblick verspürte ich den drängenden Wunsch, ihm alles zu erzählen. Wenn ich jemanden gebraucht hätte, um nach meiner Abreise eine Nachricht zu übermitteln – dann hätte ich es auch gemacht. Aber ich war mir nicht ganz sicher, ob Justin wirklich dichthalten würde. Also schüttelte ich den Kopf. »Ich bin nicht in der Stadt.«

»Schade«, sagte er. »Ich habe ein Wahnsinnskostüm.«

»Als was gehst du, als Schurke oder als Held?«, fragte ich.

»Tut mir leid«, erwiderte Justin mit einem Lächeln. »Das erfahren nur Leute, die zum Ball kommen.«

Als die Schulglocke läutete, zogen wir unsere Jacken an und gingen gemeinsam zur Bushaltestelle.

Bevor ich einstieg, hielt ich inne und grinste ihn an.

»Wieso lachst du?«, fragte er.

»Schurke«, sagte ich. »Ich wette, du gehst als Schurke.«

Ich stieg in den Bus und setzte mich auf einen Platz, wo ich allein war. Justin winkte mir von draußen zu. Dann vergrub er die Hände in seinen Jackentaschen und ging zu seinem Bus.

Der Busfahrer ließ den Motor an, und ich sah zu, wie die Schule immer kleiner und kleiner wurde und das Gebäude aus Backstein und Zement allmählich in der Ferne verschwand.

Als ich ausstieg, beschloss ich, nicht sofort nach Hause zu gehen. Stattdessen spazierte ich durch die kalte Winterluft zu Aaron und Rocco. Ich wollte noch einmal Suzy Q genannt werden und mich von ihrer Energie und ihren Gesprächen ablenken lassen. Aber als ich an der Tür klingelte, machte niemand auf.

Ich stand in ihrem Hinterhof und sah meinen Atemwolken nach. Meine Finger waren starr vor Kälte, und ich sehnte mich danach, hineinzugehen und in ihrer Wohnung zu sitzen, wenn ich schon nicht mit ihnen zusammensein konnte. Wie ich wusste, bewahrten sie ihren Ersatzschlüssel unter einer Topfpflanze auf. Wahrscheinlich würde es ihnen nichts ausmachen, wenn ich mich selbst hineinließ. Ich würde nur ein paar Minuten bleiben und mich aufwärmen, bevor ich wieder nach Hause ging.

Drinnen wanderte ich von Zimmer zu Zimmer: Die Küche, wo sauberes, noch immer nasses Geschirr im Abtropfregal stand (Aaron und Rocco konnten noch nicht lange weg sein). Das Badezimmer, in dem es nach Rasierschaum duftete. Das Wohnzimmer mit seinen Zeitschriftenstapeln – *Sports Illustrated, New Yorker* und *Atlantic,* und eine Zeitschrift namens *Adbusters.* In der Ecke standen Nike-Turnschuhe, in die auf links gedrehte Sportsocken gestopft waren.

Ich fand es schrecklich, dass ich die beiden verlassen musste.

Auf dem Kaminsims sah ich ein gerahmtes, viele Jahre altes Foto von Aaron, unter dem ein paar Geldscheine lagen. Es zeigte Aaron auf dem Fußballplatz, demselben Platz, den ich jeden Tag aus dem

Fenster meines Klassenzimmers sah. Er hielt einen Fußball in der Hand, trug eine dicke Brille und eine Zahnspange – ich hatte total vergessen, dass er früher eine feste Spange getragen hatte. Seine Arme sahen so dünn aus, sogar noch dünner als meine. Er musste ungefähr in meinem Alter gewesen sein, als das Bild gemacht worden war.

Keine Spur des selbstbewussten Fußballtrainers von heute.

An dem Rahmen klebte ein Post-it, auf das Rocco geschrieben hatte: *Ich habe dich schon geliebt, bevor ich dich kannte. Selbst als du so ausgesehen hast. XOXO*

Ich stellte das Bild wieder auf den Kaminsims zurück und nahm das Geld. Zwei Zwanziger, ein Fünfer und drei Eindollarscheine. Insgesamt 48 Dollar.

Ich hatte schon so viel von meiner Mom genommen. Den Flug hatte ich mit der Kreditkarte meines Vaters bezahlt. Ich musste nicht auch noch von den Jungs stehlen, richtig?

Aber auf der anderen Seite ... Ich wusste nicht, wie viel Geld ich wirklich brauchen würde. Was, wenn mir am Ende genau 48 Dollar fehlten?

Ich dachte daran, wie Bridget Brown am Flughafen von Nashville gestanden und ihr Geld gezählt hatte.

Und da stopfte ich die Scheine in meine Hosentasche und ging in Richtung Tür. Kurz davor hielt ich inne.

Dann rannte ich zurück zum Kamin, schnappte mir das gerahmte Foto von Aaron und rannte aus der Wohnung. Erst als ich draußen war, merkte ich, dass ich den Schlüssel auf dem Kaminsims vergessen hatte. Ich wollte ihn holen, aber die Tür war ins Schloss gefallen. Ich hatte mich ausgesperrt.

Weil ich nicht wusste, was ich sonst tun sollte, rannte ich beinahe den ganzen Weg nach Hause, umklammerte dabei Aarons Foto und rutschte ein paarmal beinahe auf dem überfrorenen Gehweg aus.

Auf Wiedersehen, Zuhause

ES WAR DONNERSTAG, 7.18 UHR. Mein letzter Morgen zu Hause. Mom würde heute früh zur Arbeit gehen, in dem Glauben, dass ich den Bus zur Schule nehmen würde. Aber statt zur Schule würde ich zur Uni laufen und von dort aus das Shuttle zum Flughafen nehmen.

Ich steckte gerade Brotscheiben in unseren kaputten, alten Toaster – einen von Moms *Flohmarkt-Schätzen* –, als sie, bereits für die Arbeit angezogen, in die Küche kam. Sie küsste mich auf den Scheitel, und ich wich zurück.

»Du hast hoffentlich nicht vergessen, dass ich um zehn einen Besichtigungstermin habe, Su?«

Das hatte ich natürlich nicht. Nicht umsonst hatte ich meine gesamte Planung danach ausgerichtet. Also nickte ich, obwohl mein Tag nicht ganz so ablaufen würde, wie sie sich das vorstellte.

Mom nahm ihre Handtasche und ordnete ihre Unterlagen. »Puh«, sagte sie. »Ich hasse Besichtigungen im Winter. Alles sieht immer so trostlos aus.«

In Gedanken sagte ich es ihr. *Ich gehe, Mom. Ich gehe fort.*

Als sie ihre Unterlagen in ihre Tasche stopfte, öffnete ich die Küchenschublade und holte ein Buttermesser heraus.

»Ach«, dachte sie laut. »So lange dauert es ja eigentlich auch nicht mehr bis zum Sommer.«

Ich schloss die Schublade fester als beabsichtigt.

»Nicht so stürmisch«, sagte Mom.

Es tut mir so leid, Mom. Du wirst es nicht verstehen.

Als mein Brot aus dem Toaster sprang, war er an den Rändern verbrannt.

Blöder Toast, verbrannt in diesem blöden *Schatz*. Mit einem Mal waren diese dunklen Ränder das Traurigste überhaupt.

Und dann ärgerte ich mich darüber, dass ich traurig war. Traurigkeit war gefährlich. Traurigkeit konnte alles kaputt machen. Traurigkeit war das Einzige, was mir noch in die Quere kommen konnte.

Ich warf den Toast ins Waschbecken. Die Krümel verteilten sich überall auf dem Metall.

»Su«, rief Mom. Sie klang überrascht.

Ich riss die Brottüte auf und holte ungeduldig zwei weitere Scheiben heraus.

Geh einfach, geh einfach, geh einfach. Ich kann erst anfangen, wenn du gegangen bist.

Mom schüttelte den Kopf. »Da ist aber jemand mit dem falschen Fuß aufgestanden.«

Ich steckte die Brotscheiben in den Toaster und drehte ihn auf die niedrigste Stufe. Ich spürte, wie Mom mir von hinten die Hände auf die Schulter legte. Ich entwand mich ihrer Berührung.

Mom, geh bitte. Du bist die Letzte, von der ich mich verabschieden muss, und ich will das jetzt endlich hinter mich bringen. Bitte, geh einfach.

Ich ging zum Kühlschrank und riss die Tür auf. Die Flaschen und Krüge im Türfach klirrten.

»Okay, Su«, sagte Mom. »Was ist los mit dir?«

Was mit mir los ist? Ich bin dabei, diese Riesensache anzugehen. Und jeder Augenblick, den du bei mir bist, bringt mich mehr davon ab.

Ich blickte eine Sekunde in den Kühlschrank.

»Wonach suchst du denn? Brauchst du Butter?«

Und deshalb musst du jetzt gehen. Und zwar sofort.

Ich knallte die Tür zu. Wieder klirrten Flaschen.

Ich hörte, wie Mom ganz langsam und tief durch die Nase Luft holte, so wie sie das immer machte, um, wie sie es nennt, einen *kühlen Kopf zu bewahren*.

Sie ging zum Kühlschrank und öffnete die Tür. Dann legte sie wortlos eine halb eingewickelte Butter vor mich hin. Ich wagte es nicht, sie anzusehen. Stattdessen hielt ich mir die Butter an die Nase, als wollte ich daran riechen. Dann ließ ich sie angeekelt auf die Anrichte fallen.

»Himmel noch mal, Schluss damit, Su.«

Bitte. Bitte, geh einfach.

Mein Toast sprang heraus, diesmal weniger verbrannt. Ich schnappte ihn mir, warf ihn auf einen Teller und begann, so heftig Butter darauf zu schmieren, dass das Brot zerriss.

»Su«, sagte Mom. »Wenn ich irgendetwas tun kann, um deine Laune zu verbessern, dann solltest du es mir jetzt sagen.«

Ich gehorchte. »Geh einfach«, murmelte ich.

»Su ...«

Ich wirbelte herum, und fauchte sie mitten in der Bewegung an. »Geh einfach, Mom. Ich. Will. Dich. Nicht. Hier. Haben.«

Ich wollte es endlich hinter mich bringen. Am liebsten wäre ich schon längst durch meine Rettungsluke gekrabbelt, in die unbekannte, neue Welt, die mich da draußen erwartete. Ich wollte, dass es mit all diesen Abschieden endlich ein Ende hatte.

Mom warf einen Blick auf die Uhr. »Ich will nicht zu spät kommen, aber, Schätzchen –«

»Was ist denn los mit dir?«, schnitt ich ihr das Wort ab. »Warum kannst du nicht einfach *verschwinden*?«

Die Kluft zwischen dem, was ich in mir fühlte, und dem, was ich außen war – zwischen dem, was ich in meinem Herzen spürte, und dem, wie ich mich gab –, war so tief, dass ich Angst hatte, hier, mitten in der Küche, in eine Milliarde Stücke zu brechen.

Mom atmete tief durch. »Ich weiß nicht, was ich tun soll«, sagte sie leise.

»Du solltest gehen«, sagte ich. »Das wäre ein guter Anfang.«

Sie nahm ihre Handtasche. »Wir sehen uns nach der Schule, okay? Dann können wir reden«, sagte sie.

Ich werde dann nicht mehr hier sein, Mom. Tut mir leid, aber ich werde nicht mehr hier sein. Es gibt da etwas, das ich erledigen muss.

»Ich hoffe, dein Tag wird bald besser, Su.« Nach kurzem Zögern setzte sie hinzu: »Ich liebe dich.« Dann schloss sie leise die Tür hinter sich.

Ich lauschte auf ihre Schritte und wollte zwei Dinge gleichzeitig tun: Ich wollte flüchten. Aber gleichzeitig wollte ich ihr auch hinterherlaufen und sie anflehen, mich aufzuhalten. Ich wollte, dass sie mir sagte, dass es hier Menschen gab, für die es wichtig war, dass ich hier bei ihnen zu Hause blieb. Dass das wichtiger war, als wegzugehen, um Antworten zu finden.

Ich wollte, dass sie mich ins Bett brachte und mich nur dann aufweckte, wenn alles wieder normal war.

Aber ich wusste nicht mehr, was genau eigentlich normal war.

Moms Auto fuhr weg.

Und erst, als sie fort war, wurde mir klar, dass ich doch noch einen Abschied vor mir hatte.

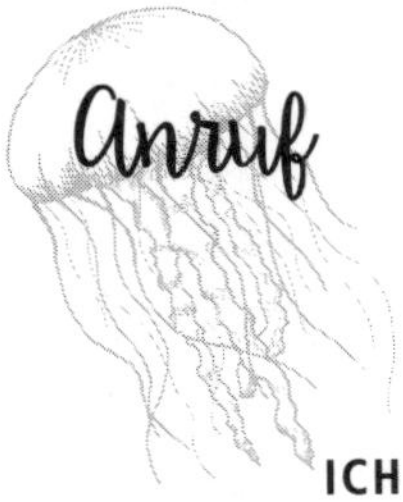

Anruf

ICH NAHM DEN TELEFONHÖRER IN DIE HAND. Von den jahrelangen, furchtbar dringenden Gesprächen kannte ich die Nummer immer noch auswendig. Wie zum Beispiel damals, als wir beide *James und der Riesenpfirsich* am gleichen Tag ausgelesen hatten und ich es nicht erwarten konnte, mit ihr über die Pfirsichwohnung in New York zu sprechen. Oder als wir uns hunderte Male gegenseitig anriefen, um zu fragen, welche Hausaufgaben wir aufhatten, obwohl wir beide es genau wussten. Oder wie an dem Tag, als Dylan Parker in der Schule auftauchte, in knöchelhohen Sneakers, Patriots-Trikot und mit falschem Irokesenschnitt, und Franny mich anrief, um zu sagen: »Dieser neue Typ ist ziemlich verrückt, oder?« Mir war nicht aufgefallen, dass er sonderlich verrückt gewesen wäre – ich hatte ihm bis dahin keinerlei Beachtung geschenkt –, trotzdem sagte ich Ja. Erst sehr, sehr viel später wurde mir klar, warum sie angerufen hatte und warum sie über ihn sprechen wollte.

Es klingelte drei Mal. Ich wollte schon wieder auflegen, als plötzlich der Hörer abgenommen wurde.

»Hallo?«

Frannys Mom.

Ich holte tief Luft. Sie hatte natürlich keine Ahnung, dass ich ein halbes Jahr lang mit *Nichtsprechen* verbracht und seit Frannys Tod kein einziges Telefonat mehr geführt hatte. Daher konnte sie auch nicht wissen, wie schwer es für mich war, überhaupt zu reden.

»Wie geht es Peanuts?«

Es folgte eine lange Stille.

»Ihr geht es gut, Suzy«, antwortete Frannys Mom schließlich. »Du kannst gern vorbeikommen und mit ihr spielen, wenn du willst.«

Ich dachte über ihren Vorschlag nach. Ich überlegte, wie es wohl wäre, rüberzugehen und bei Frannys Mom zu sitzen, statt dass sie dort und ich hier allein saß, nur verbunden durch ein paar am Straßenrand über Holzmasten gespannte Kabel. Ich war mir nicht sicher, ob ich das wirklich wollte, aber ich sagte: »Okay.«

Dann sprachen wir eine ganze Weile nicht, bis ich schließlich sagte: »Ich habe gar nicht darüber nachgedacht, wie früh es ist. Hoffentlich störe ich nicht.«

»Das ist kein Problem. Ich bin schon eine Weile wach.«

Ich stellte mir vor, wie sie in ihrer Küche saß, mit der Efeu-Borte an den Wänden und den Porzellanblumenknäufen an den Schränken. Franny und ich hatten beim Backen immer Brownie-Teig auf die Griffe geschmiert, egal wie sehr wir uns auch bemühten, Ordnung zu halten.

»Morgen Abend ist der Schulball.«

»Ach ja?«

»Ja. Das Motto ist Helden und Schurken.« Ich überlegte kurz, ob es wohl besser gewesen wäre, ihr nichts von dem Ball zu erzählen, da Franny ja nie mehr auf irgendwelche Bälle gehen würde.

Es war seltsam. Ich war älter geworden, und alle anderen Kinder wurden ebenfalls älter. In ein paar Monaten war ich offiziell ein Teenager. In einem Jahr würde ich beinahe vierzehn Jahre alt sein, was so uralt klang, dass es mir völlig unmöglich vorkam. Nur Franny würde nicht älter werden. Sie würde für alle Zeiten zwölf bleiben.

»Und als was gehst du?«, fragte Frannys Mom.

»Wie bitte?«

»Gehst du als Heldin oder als Schurkin?«

»Oh«, sagte ich. »Ich gehe nicht hin. Ich bin nicht da.«

Ich holte tief Luft, denn das war die Gelegenheit: meine Chance, ihr zu erklären, was ich vorhatte und warum. Ihr zu erzählen, dass sich alle damit abgefunden hatten, dass *manchmal Dinge einfach passieren*.

Alle, nur ich nicht.

Aber bevor ich dazu kam, sagte Frannys Mom: »Weißt du, dass sie dich sehr bewundert hat, Suzy?«

Plötzlich fehlten mir die Worte.

»Sie hat immer gesagt, dass du nichts darauf gibst, was die anderen von dir denken. Ich konnte sehen, dass ihr das sehr gefiel. Ich glaube, sie hat sich insgeheim gewünscht, sie wäre ein bisschen mehr wie du.«

Ihre Worte waren so überraschend, dass ich kurz überlegte, ob sie nicht vielleicht log. Mir war nie der Gedanke gekommen, dass Franny womöglich gerne so wie ich gewesen wäre.

Abgesehen davon stimmte es ja gar nicht. Mir war *nicht* egal gewesen, was andere über mich dachten. Vor allem nicht, was Franny über mich dachte.

Wir saßen eine Weile einfach so da, jeder bei sich zu Hause, und verbrachten die Zeit mit *Nichtsprechen*.

Es ist merkwürdig, dass Nichtwörter besser sein können als Wörter. Dass Schweigen mehr sagen kann als Gerede und dass das Fehlen einer Person sehr viel mehr Raum einnehmen kann, als ihre Anwesenheit es je getan hat.

Nach einer Weile biss ich mir auf die Lippe und sagte: »Ich muss jetzt Schluss machen.«

»Danke für deinen Anruf, Suzy.«

»Geben Sie Peanuts einen Kuss von mir.«

»Das mache ich. Pass gut auf dich auf, ja?«

Ich nickte, obwohl sie mich ja nicht sehen konnte. Dann schwiegen wir noch einen Augenblick, bis ich etwas hörte. Vielleicht war es ein leises »Tschüss«, vielleicht war es aber auch nur ein kleiner, trauriger Laut, der ihr entschlüpft war.

Ich legte auf, ging in mein Zimmer und holte meinen Koffer aus dem Schrank. Das gerahmte Foto von Aaron steckte ich in die Seitentasche, dann nahm ich mein Gepäck und ging aus dem Haus.

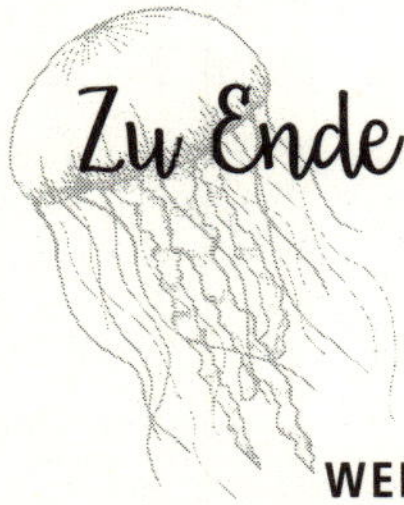

Zu Ende

WER WEISS. Vielleicht ist das Ende eines Menschen nicht der Tag, an dem er stirbt, sondern der Tag, an dem man zum letzten Mal von ihm spricht. Vielleicht verschwindet man nach dem Tod nicht, sondern wird zu einer Art Schatten, dunkel und formlos, bis auf die Konturen. Im Laufe der Zeit, wenn die Menschen einen vergessen, löst man sich nach und nach auf und verschwindet in der Dunkelheit, bis irgendwann irgendjemand auf diesem Planeten zum allerletzten Mal deinen Namen sagt. Das ist der Moment, an dem das allerletzte Teilchen von dir – die letzte Sommersprosse auf deiner Nasenspitze, das kleine Herz in der Oberlippe – für immer verblasst.

Wenn das so ist, ist dies ein Grund, nach dem Tod eines Menschen seinen Namen nicht mehr auszusprechen. Denn man weiß ja nie. Wenn man den Namen ausspricht, weiß man nie, ob es nicht vielleicht das letzte Mal ist.

Und dann ist es wirklich zu Ende.

Teil Sechs

ERGEBNISSE Fasse deine Beobachtungen zusammen. Stützt dein Ergebnis deine Hypothese? Vergiss nicht, dass die Wissenschaft nie wirklich etwas »beweist«. Sie fügt nur einem wachsenden Berg an Erkenntnissen darüber, wie unsere Welt funktioniert, neue Informationen hinzu. Wenn deine Forschungen deine Hypothese nicht bekräftigen, dann gestehe das ehrlich ein. Vergiss nicht, dass wir in der Wissenschaft aus Fehlern genauso viel lernen wie aus Erfolgen.

Mrs Turton

Unsterblichkeit

ES GIBT NOCH EINE LETZTE WICHTIGE SACHE, die man über Quallen wissen muss.

Jede Wette, du würdest es nicht einmal in einer Million Jahren erraten.

Sie sind unsterblich.

Ehrlich, ich übertreibe nicht. Und ich meine damit nicht nur, dass sie uns überleben, obwohl sie das natürlich tun werden.

Ich meine es ganz wortwörtlich: Es gibt mindestens eine Quallenart, die im Laufe der Zeit jünger werden kann. Das bringt keine andere Spezies auf der Erde fertig. Du glaubst mir nicht? Lies nach. *Turritopsis dohrnii.* Die unsterbliche Qualle.

Wenn sie bedroht wird, kann sich die *Turritopsis dohrnii* aus dem ausgewachsenen Medusa-Stadium, in dem eine Qualle wie eine Qualle aussieht, in ein jüngeres Stadium zurückentwickeln und sich dann auf dem Meeresgrund in Sicherheit bringen. Theoretisch lässt sich das beliebig lange fortsetzen: alt werden, dann jung, alt, dann jung, und dabei nie sterben.

Das wäre, wie wenn wir einfach zurückspulen könnten, wenn alles schiefläuft und es richtig stressig wird. Stell dir das mal vor. Stell dir vor, wir könnten einfach sagen: »Ups, das ist zu schwer für mich«, und würden dann schrumpfen und eine Zeit lang wieder Kinder werden, genau wie wir es früher waren.

Und wir könnten einfach dort bleiben, sicher mit dem Boden verhaftet, für immer.

Dann wäre nichts von alldem passiert. Ich hätte nie etwas unternehmen müssen, um alles wieder geradezurücken. Ich hätte dir nie dieses Zeichen geben müssen. Alles wäre bestens. Unser Leben wäre genauso einfach wie früher.

Du wärst immer noch hier. Und dann hättest du mich auch wieder lieb, Franny. So wie es immer war.

Nach Australien

DER TRICK BESTEHT DARIN, fest daran zu glauben, dass man es schaffen kann. Wenn man an seine eigenen Fähigkeiten glaubt, selbst wenn es darum geht, etwas Angsteinflößendes zu tun, verleiht einem das beinahe Zauberkräfte. Selbstvertrauen ist wirklich Zauberei. Damit kann man alles durchstehen.

Sogar den langen Fußmarsch zum Campus mit einem schweren Koffer in der Hand. Die kalten, endlosen Minuten, in denen man an der Haltestelle steht und so tut, als gehörte man hierher. Die Zweifel, ob das Shuttle auch wirklich kommen wird. Und die Erleichterung und die ganz neue Angst, wenn es dann tatsächlich kommt.

Der Bus war voller Fremder. Eine weißhaarige Frau sprach lange mit einer Frau in einem roten Businesskostüm. Die Weißhaarige teilte ihr mit, dass sie auf dem Weg zu ihrem neugeborenen, gut neun Pfund schweren Enkelsohn in Atlanta war. Die Frau im roten Kostüm erwiderte, dass sie für einen Tag nach Grand Rapids fliegen würde – nur einmal kurz hin und wieder zurück –, um dort einen Vortrag über die Restaurierung von Kunstwerken zu halten.

Ich achtete darauf, niemanden anzuschauen und jeden Augenkontakt zu vermeiden. Sogar als das Shuttle an einem Hotel anhielt und ein Mann, der nach alten Zigaretten roch, sich neben mich setzte und Hallo sagte, blickte ich ihn nicht an.

Ich sah, wie die Häuser an mir vorbeizogen, und dachte: *Auf Wiedersehen, Häuser.*

Ich sah, wie die kleinen Straßen zu größeren Straßen wurden, und dachte: *Auf Wiedersehen, kleinere Straßen.*

Ich sah, wie die größeren Straßen auf den Highway führten, und dachte: *Auf Wiedersehen, South Grove.*

Ich griff in meine Tasche und tastete nach der pinkfarbenen Karteikarte, auf der alle Informationen zu Dads Kreditkarte standen.

Bisher war alles ganz leicht gewesen. Ich war stolz auf meine gute Planung.

Ich versuchte, nicht an meine Mutter zu denken und daran, dass ich sie zum Abschied nicht einmal in den Arm genommen hatte, sondern einfach nur zugesehen hatte, wie sie in ihr Auto stieg und davonfuhr.

Am Flughafen verließen alle Passagiere nacheinander den Bus und eilten zu ihren Terminals. Jedes Mal, wenn sich die Türen öffneten, strömte eiskalte Luft in das Shuttle. Mir fiel auf, dass die Fahrgäste dem Fahrer Geld in die Hand drückten. Als wir am Terminal für die internationalen Langstreckenflüge hielten, griff ich daher in meinen Umschlag und zog einen zerknitterten Eindollarschein heraus. Ich reichte dem Fahrer das Geld, nahm mein Gepäck entgegen und bedankte mich. Währenddessen blickte ich unbeteiligt in die Ferne, als würde ich so etwas jeden Tag tun.

Dann ging ich zum Schalter und stellte mich an.

Gleich würde ich meine Bordkarte erhalten, an den Sicherheitsleuten vorbeigehen und mithilfe eines Flugzeugs ans andere Ende der Welt fliegen.

Meine Uhr hatte ich bereits auf die Zeitzone in Cairns umgestellt. Dort war es fünfzehn Stunden später als hier.

In meinem Handgepäck befanden sich eine Zahnbürste und eine kleine Tube Zahnpasta. Außerdem hatte ich Socken und Unterwäsche zum Wechseln dabei, denn ich wollte nicht schmuddelig in Australien ankommen.

In ein Notizheftchen hatte ich Ausdrücke geschrieben, die ich in

Australien vielleicht brauchen konnte: eine Apotheke heißt dort *chemist*, den Kofferraum nennt man *boot*, der Fahrstuhl heißt *lift*, und *come good* sagt man, wenn etwas glattläuft.

Das konnte man auch vom ersten Teil meiner Reise sagen: Es war alles glattgelaufen.

Ich hatte natürlich auch die Adresse von Jamie Seymours Büro an der James Cook Universität dabei. Die Universität war nach Captain Cook benannt und ungefähr 15 Kilometer vom Flughafen entfernt. Um dorthin zu gelangen, musste man den Highway nehmen, der ebenfalls nach Captain Cook benannt war.

Captain Cook, den ich kannte, weil ich mit Franny viel über Entdecker gelesen hatte, war vor beinahe 250 Jahren von England nach Australien gesegelt, um in diesem Teil der Erde die Passage der Venus durch die Sonnenscheibe mitzuerleben.

Beide Reisen, die von Cook und die der Venus, waren ebenfalls glattgelaufen.

Wenn ich erst einmal dort war, würde ich weniger als zwei Kilometer vom Ozean entfernt sein. Ich fragte mich, ob ich die Wellen hören würde, und stellte mir vor, dabei den Atemzügen der Erde zu lauschen.

Der Passagier am Anfang der Reihe ging mit seinem Boardingpass in Richtung der Gates. Alle in der Schlange stehenden Fluggäste gingen einen Schritt nach vorne. Ich ebenfalls.

Australien war mir so nah, dass ich es beinahe spüren konnte.

»Setz dich.«

AM FLUGHAFENSCHALTER achtete ich darauf, nicht zu viel zu blinzeln. Wenn man blinzelt, zeigt man, dass man nervös ist, und Nervosität ist verdächtig.

Die Frau hinter dem Schalter hatte lange blonde Haare, und ihre Augen standen ein ganz kleines bisschen zu weit auseinander. Sie tippte auf der Tastatur, und ihre roten Fingernägel klapperten dabei wie Maschinengewehrfeuer. »Name?«

Ich nannte ihr meinen Namen. Sie tippte ihn ein, ohne aufzublicken. *Tipp, tipp, tipp.*

»Pass?«

Ich griff in meine Tasche und reichte der Frau meinen Pass. Sie nahm ihn und blätterte die leeren Seiten durch. Dann runzelte sie die Stirn. »Moment«, sagte sie. »Was ist dein Geburtsdatum?«

Als ich es ihr sagte, schaute sie mich merkwürdig an. »Aber das passt nicht ...«, begann sie, verstummte dann aber. Sie tippte noch ein bisschen und runzelte dann wieder die Stirn. »Und es sieht so aus, als hättest du vergessen, ein Visum zu beantragen.«

Ich wusste nicht genau, wovon sie sprach, aber irgendwie spürte ich, dass mir die Reise zu entgleiten drohte.

Visum, dachte ich. *Sie hat bestimmt Visa gemeint. Wie Dads Kreditkarte.*

Obwohl mir klar war, dass das nichts helfen würde, machte ich das Einzige, was ich jetzt noch tun konnte. Ich griff in meine Tasche und holte die pinkfarbene Karteikarte heraus, auf der sämtliche Informationen zu Dads Kreditkarte standen, und schob sie über die Theke.

Die Frau warf einen Blick darauf und drehte sie hin und her. Sie wirkte verblüfft. »Was ist das?«, fragte sie.

»Eine Visa«, antwortete ich. Ich reckte das Kinn nach vorn und sagte es ganz selbstbewusst, obwohl meine Gedanken sich überschlugen.

Steh diesen Moment durch, dachte ich. *Tue alles, um in dieses Flugzeug zu kommen.*

Die Frau runzelte die Stirn. »Das ist doch nur …« Sie starrte eine Weile auf die Karteikarte, dann sagte sie: »Oh. Oh, ich verstehe.«

Sie hob den Kopf und sah mich an. »Schätzchen«, sagte sie mit auf einmal sehr leiser Stimme. »Wo sind deine Eltern?«

Ich holte tief Luft und antwortete so würdevoll wie möglich: »Sie sind leider verhindert.« Ich bemerkte, wie das Gepäck der Fluggäste auf einem Förderband hinter dem Schalter davongetragen wurde.

Ich blinzelte ein paarmal und fügte hinzu: »Sie müssen beide arbeiten.«

Sie schaute wieder auf die Karteikarte, so als würde sie über etwas nachdenken.

»Schätzchen, du weißt doch, dass du nicht alleine das Land verlassen darfst«, sagte sie dann.

»Ich habe ein Ticket gekauft«, sagte ich.

»Ja, aber –«

Ich zitierte aus dem Zeitungsartikel über Bridget Brown. »Passagiere dürfen ab dem Alter von zwölf Jahren ohne erwachsene Begleitung reisen, wenn sie im Besitz einer gültigen Bordkarte sind.«

»Nein«, sagte sie. »Nicht, wenn sie ins Ausland reisen.« Als sie wieder sprach, war ihre Stimme noch leiser als zuvor. »Es tut mir leid, Schätzchen.«

Ihre betont ruhige Stimme und dass sie so bemüht freundlich war, beunruhigte mich. Wenn sie diese Freundlichkeit für angebracht hielt, war das kein gutes Zeichen.

Aber meinen Plan aufzugeben und auf die Reise zu verzichten, war ausgeschlossen. Das ging gar nicht mehr. Nicht nach allem, was ich unternommen hatte.

Ich blickte zu Boden und überlegte. Eines war klar: Ich musste die Situation wieder in den Griff kriegen, und zwar schnell. Hinter mir standen eine Menge Leute, und ich hatte nicht mehr viel Zeit.

Ich starrte auf das verschlungene Muster der Laminatoberfläche, aber mir fiel beim besten Willen nicht ein, wie ich die Kontrolle über die Situation zurückerlangen konnte. Und plötzlich verspürte ich die innere Gewissheit, *dass ich es nicht schaffen würde.*

Und im selben Moment lösten sich die verschlungenen Muster auf und wurden ganz wässrig. Meine Hände, die Karteikarte, mein Pass; alles verschwamm vor meinen Augen. Ein dicker Tropfen fiel auf das Laminat.

»Ach, Schätzchen.« Die Dame seufzte.

Ich höre Geräusche des Flughafens um mich herum. Ich hörte Schritte und rollende Koffer. Dazu noch ein Summen, das vielleicht von der Klimaanlage kam. Vielleicht waren es auch die Neonleuchten. Wenn ich genau genug hinhörte, würde ich sogar mein eigenes Blut in den Adern rauschen hören.

Ich merkte, wie ich zitterte.

Ich dachte an Bridget Brown, die nach Tennessee geflogen war, nur um wieder nach Hause zurückkehren zu müssen. *Zumindest ist sie irgendwo gelandet,* dachte ich.

Ich hingegen war nur bis zum Check-in-Schalter gekommen.

Auf einmal lag eine Hand auf meiner Schulter. Die Dame war hinter ihrem Schalter hervorgekommen und stand jetzt neben mir. Sie war kleiner, als ich erwartet hätte. Sogar mit ihren hohen Absätzen war sie nicht größer als ich.

»Komm mal mit«, sagte sie.

Ich ließ es zu, dass sie mich an die Seite des Schalters führte, wo die Angestellten hinein- und hinausgehen.

»Setz dich«, sagte sie, und ich ließ mich auf den Boden fallen.

Ich hob den Kopf und sah, wie sie mich anschaute. Dann verschwamm auch sie vor meinen Augen. Heiße Tränen rollten mir über die Wangen.

Sie ging neben mir in die Hocke, legte ihre Hand auf meinen Arm und drückte mich kurz. Dann stand sie auf und ging weg. Ich legte den Kopf auf die Knie und presste meine Augen auf die Kniescheiben.

Ich war müde. Das grelle Licht tat mir weh.

Ich war gescheitert.

Sie hat es geschafft

ICH BLIEB LANGE ZEIT auf dem Boden sitzen und sah zu, wie die Leute am Schalter eincheckten und danach zu ihren Fliegern weitergingen.

Ich sah einen Mann mit weißen Haaren und neonfarbenen Turnschuhen. Als Nächstes war eine Soldatin in Tarnkleidung an der Reihe. Dann eine Frau mit einem weinenden Kleinkind. Das Gesicht des Jungen war rotzverschmiert, und er war so müde, dass er nicht aufhörte zu quengeln. Er trug ein Sweatshirt, und seine Mom schob ihm andauernd die Kapuze hoch, aber er riss sie sich jedes Mal wieder vom Kopf. Sie wippte ihn auf der Hüfte und blickte stur geradeaus.

All diese Leute flogen irgendwohin.

Ich schloss die Augen und konzentrierte mich auf meinen Atem. Ich hatte den ganzen Tag, die ganze Woche, mein ganzes Leben lang geatmet, es war mir bisher nur nicht bewusst gewesen.

Franny würde nie wieder zurückkommen.

Das war der entscheidende Punkt. Selbst wenn Jamie mir bestätigen würde, dass eine Qualle an ihrem Tod schuld gewesen war und ich die ganze Zeit recht gehabt hatte, war das völlig egal. Es spielte nicht die geringste Rolle. Franny war nicht mehr da, und unsere Freundschaft war zerbrochen.

Es tut mir leid. Es tut mir leid. Es tut mir so schrecklich leid.

Mit geschlossenen Augen lauschte ich auf das Weinen des kleinen Jungen, auf das Getippe auf den Tastaturen an den Schaltern, auf den Lautsprecher, über den gerade verkündet wurde, dass das

Gepäck aus Toronto auf dem Gepäckband Nummer 3 ankommen würde.

Es tut mir leid, dass ich nicht so war, wie du es gerne gehabt hättest. Es tut mir leid, was ich getan habe. Es tut mir leid, was du in jenem schrecklichen Moment durchgemacht hast, als du um die Ecke verschwunden bist.

In der Damentoilette war ein Handy gefunden worden, das im Untergeschoss abgeholt werden konnte.

Es tut mir leid, dass ich nur eine dumme Kreatur bin, die auf einem Felsbrocken durchs Weltall rast. Es tut mir leid, dass ich deine Zeit auf diesem Felsbrocken, diesem dummen kleinen Staubkorn, schwerer und nicht leichter gemacht habe.

Es tut mir leid, dass aus meinem Versuch eines Neuanfangs ein so furchtbar schlimmes Ende geworden ist.

Es tut mir leid, dass ich so vieles falsch verstanden habe.

Irgendwann musste ich eingeschlafen sein, denn als ich die Augen wieder aufschlug, war ich mit mehreren dünnen Fleecedecken zugedeckt, die man in Flugzeugen bekommt. Sie waren wie die Bestandteile einer Patchworkdecke aneinandergelegt, sodass ich von Kopf bis Fuß bedeckt war. Ich blickte hoch, aber die blonde Dame von der Fluglinie war nirgends zu sehen.

Ein Mann in einem Anzug ging vorbei und zog eine schwarze Rolltasche hinter sich her wie einen widerspenstigen Hund an der Leine.

Ich legte mich wieder hin, rollte mich ein und zog die Decken zurecht. Der Fußboden war hart und kalt und fühlte sich angenehm kühl an meiner Wange an. Ich schloss wieder die Augen.

Als ich sie das nächste Mal öffnete, war meine Mom da. Ich war total überrascht, sie inmitten all der Fremden im Flughafen zu sehen. Sie trug immer noch ihre Kleider für Hausbesichtigungen und auch die Schuhe, die sie bei unserem Abschied in der Küche getragen hatte.

Mom blickte mich forschend an. Sie wirkte geradezu panisch. »Su«, sagte sie atemlos und ließ sich neben mich auf den Boden sinken. »Oh, Schätzchen.« Ihr Gesicht verzog sich, und sie begann zu weinen.

Ich wusste nicht, ob es Tränen der Liebe, der Trauer oder der Freude waren. Oder alles zusammen.

»Oh, meine liebe, liebe Su.« Sie ergriff meine Hände und drückte sie fest.

Dann erschien Aaron an ihrer Seite. Er setzte sich neben mich und stupste mich mit der Faust am Knie.

Eine Zeit lang sagte keiner ein Wort.

Nach einer Weile fragte Aaron betont beiläufig: »Also ... was ist los, Su?« Er fragte, als wäre es eine ganz normale Situation, und das brachte mich ein bisschen zum Lachen. Rotz schoss mir aus der Nase, aber das war mir egal. Ich wischte ihn mit dem Handrücken weg.

»Ich dachte ...«, fing ich an und holte tief Luft. »Ich dachte, ich könnte es beweisen. Ich dachte, ich könnte beweisen, was passiert ist.«

Aber natürlich wussten die beiden nicht, wovon ich redete. Sie wussten nicht, was mir in den letzten Monaten durch den Kopf gegangen war. Sie wussten weder von dem Ausflug in das Aquarium noch von der Irukandji, noch von den 23 Stichen alle fünf Sekunden. Sie wussten nichts von Jamie, nichts von meinen Nachforschungen und auch nichts von meiner Überzeugung, etwas herausgefunden zu haben, das niemand sonst herausgefunden hatte. Sie wussten nichts von Bridget Brown und Dollywood, nichts von all jenen Dingen, die mich hierher, auf den Boden dieses Flughafens gebracht hatten.

Sie begriffen nicht, wie etwas, das eigentlich unmöglich war, das einzig Denkbare werden konnte.

Ich lauschte den Worten, die aus mir herausbrachen. So viele Worte wie schon sehr lange nicht mehr. Aber ich hörte auch, dass sie keinen Sinn ergaben. Egal wie gut ich es zu erklären versuchte, meine Worte schienen unsinnig.

Mir kam der Gedanke, dass das wohl passiert, wenn man mit dem Sprechen aufhört. Vielleicht verliert man den Überblick darüber, ob die Gedanken im Kopf normal und vernünftig sind oder Macken, Kanten und Ecken haben.

Als ich fertig war, als alle Worte aus mir herausgeströmt waren und ich alles erklärt hatte, so gut ich konnte, fiel mir wieder ein, was Dr. Legs bei unserem ersten Treffen gesagt hatte – dass jeder auf seine eigene Art trauert und dass es dabei kein Richtig oder Falsch gibt.

Tja, dachte ich, *wenn sie das hier erfährt, wird sie ihre Meinung vielleicht ändern.*

Wir saßen noch eine Weile schweigend da. Dann sagte meine Mutter leise: »Ich glaube, dass es eine Strömung war.«

Ich sah sie an. »Hm?«

»Also, ich weiß nicht, warum sie ertrunken ist, Su. Aber ich habe immer angenommen, dass sie in eine Strömung geraten ist.«

Eine Strömung. Ein unsichtbarer Sog unter Wasser, der einen Menschen aufs Meer hinausziehen kann.

»Aber vielleicht war es auch etwas ganz anderes«, fuhr Mom fort. Ihre Stimme klang ganz sanft. »Vielleicht wurde Franny von einer Welle gegen einen Felsen geschleudert und hat sich am Kopf verletzt. Oder sie hatte ein medizinisches Problem – einen Krampfanfall oder eine Herzschwäche, von der niemand wusste. Vielleicht war sie auch einfach ein bisschen zu müde und ist ein bisschen zu weit nach draußen geschwommen …« Sie verstummte.

Das Wichtigste sprachen weder sie noch Aaron laut aus. Und trotzdem verstand ich es auf einmal. Es war egal, was der Grund gewesen war. Es war tatsächlich »einfach geschehen«.

Und das – dass Dinge manchmal einfach völlig grundlos geschehen – war vielleicht die größte und schrecklichste Wahrheit von allen.

Dann sah ich Rocco auf uns zukommen, ein Papptablett mit

heißen Getränken in den Händen. Er reichte zuerst meiner Mom einen Becher und dann mir. »Kakao, Suzy?«

Auf dem Becher war eine grüne Meerjungfrau abgebildet. Ihr langes Haar fiel in Wellen über ihre Brust. Auf dem Kopf trug sie eine mit einem Stern geschmückte Krone. Auf dem Pappbecher trafen Meer und Himmel zusammen. Obwohl es nur ein blödes Logo war, hatte ich das Gefühl, dass Rocco mir damit eine Botschaft vermittelt hatte. Sie lautete: *Wir verstehen dich.*

Der Kakao war köstlich. Eine Weile saßen wir nur da und nippten alle vier an unseren Drinks. Dann fiel mein Blick auf den Geldumschlag, der neben mir lag.

»Ich habe gestohlen«, sagte ich.

Es auszusprechen, war schrecklich.

»Das Ticket habe ich mit Dads Kreditkarte gekauft.« Ich nahm den Umschlag und reichte ihn Mom. »Das meiste davon gehört dir.«

Sie nickte. »Okay.«

Dann wandte ich mich an Aaron und Rocco. »Ein Teil davon gehört euch.« Ich gestand ihnen, wie ich das Geld aus ihrem Wohnzimmer gestohlen hatte.

»Das war uns längst klar, Su«, sagte Aaron. Er warf Rocco einen Blick zu. »Ehrlich gesagt hatten wir sogar einen Streit deswegen. Es war nämlich Roccos Anteil am Haushaltsgeld. Rocco hat Stein und Bein geschworen, dass er es für mich auf den Sims gelegt hatte, und ich hätte schwören können, dass er das nicht getan hatte, denn es war ja nicht da. Dann bemerkten wir, dass das Bild fehlte und der Schlüssel dort lag. Also blieb nur eine Erklärung übrig.«

Ich blickte zu Boden. »Es tut mir leid.« Ich war selbst überrascht, wie dünn meine Stimme klang, und wie jung.

Rocco, der meine Erklärung verpasst hatte, fragte: »War es denn für einen guten Zweck?«

»Das war es«, sagte Aaron.

Rocco beugte sich vor und legte seine Hand auf meine. »Weißt du, es gibt schlimmere Missetaten als jene, die für einen höheren Zweck verübt werden.«

Ich wischte meine Nase. »Wer hat das gesagt?«

»Wie meinst du das?«, fragte er.

»Ist das ein Zitat?«

Er schüttelte den Kopf. »Nein, Suzy Q. Es ist einfach nur die Wahrheit.«

Ich legte meinen Kopf in Moms Schoß, wo es viel wärmer und weicher war, als ich gedacht hätte. Ich musste an eine Information aus Jennas Referat denken – daran, dass eine Delfinmutter in den ersten Lebenswochen ihres Kalbes nicht aufhört zu schwimmen. Das Neugeborene hat noch nicht genug Speck, um nicht zu sinken, also muss es sich vom Sog seiner Mutter tragen lassen. Wenn die Mutter auch nur für kurze Zeit aufhört zu schwimmen, dann sinkt das Kalb und ertrinkt.

Mutter sein muss ziemlich anstrengend sein.

In einem nahen Wartebereich hing ein Bildschirm, auf dem Nachrichten liefen. Gerade war ein Strand zu sehen, wo sich eine Menschenmenge versammelt hatte. Es waren jede Menge Leute da, und sie hielten Kameras und Handys in die Höhe. Was auch immer dort vor sich ging, alle wollten es offenbar filmen.

Dann schwenkte die Kamera aufs offene Meer hinaus, wo drei Kajaks durchs Wasser glitten. Vor ihnen hüpfte etwas in den Wellen auf und ab. Es war eine Person, die langsam Richtung Küste schwamm.

Es war ein Mensch. Ein Mensch, der auf die Küste zuschwamm.

Worte erschienen am unteren Bildschirmrand: HISTORISCHER SCHWIMMVERSUCH VON KUBA NACH FLORIDA.

Ich stand auf.

DIANA NYAD GELINGT ES BEIM FÜNFTEN VERSUCH, 166 KILOMETER ZU SCHWIMMEN.

Ohne nachzudenken, ging ich langsam auf den Bildschirm zu.

»Oh«, sagte Mom, die mir gefolgt war. »Davon habe ich gelesen.«

Diana Nyad war nur noch ein paar Meter vom Ufer entfernt. Nur noch ein paar Züge. Wenn sie jetzt aufstand, konnte sie bis ans Ufer laufen.

»Wow«, sagte Rocco. »Sie hat es geschafft.« Er pfiff durch die Zähne. »Fünf ist offensichtlich ihre Glückszahl.«

»Das ist der Hammer«, sagte Aaron.

Nyad bewegte die Arme nicht mehr und trieb eine Zeit lang bewegungslos im Wasser. Dann stand sie langsam auf und taumelte vorwärts. Ihre Schritte waren so ungelenk, als habe sie vergessen, wie man läuft. Die Leute standen bereit, um sie notfalls aufzufangen, ließen sie die letzten Schritte aber selbst gehen.

Die Zuschauer applaudierten begeistert.

»Sie ist so mutig«, murmelte ich.

Wir sahen schweigend zu, wie Rettungssanitäter die Schwimmerin zu einem Krankenwagen brachten, der sich daraufhin gemächlich vom Strand entfernte.

Die Zuschauer folgten ihm, immer noch jubelnd.

Aaron drehte sich zu mir um. »Su.«

»Ja?«

»Können wir dich jetzt nach Hause bringen?«

Ich spürte, wie mein Gesicht sich verzerrte und Tränen aus meinen Augen kullerten. Aber diesmal waren es keine traurigen Tränen, sondern Tränen von der anderen Sorte. Liebestränen.

Zu viert folgten wir dem ausgeschilderten Weg zu den Parkdecks. Als die Schiebetür zur Seite glitt und wir ins Freie traten, schlugen uns eisige Luft, helles Licht und Verkehrslärm entgegen. Es kam mir vor, als wäre ich die ganze Zeit über unter Wasser gewesen und hätte den Atem angehalten. Und wäre erst jetzt wieder an die Oberfläche getaucht.

Es war, als würde ich zum ersten Mal seit langer, langer Zeit wieder frische Luft atmen.

Teil Sieben

FAZIT Was hast du aus deinen Recherchen gelernt? Betrachte deine Untersuchung mit etwas Abstand und überlege, welchen Einfluss sie auf zukünftige Fragestellungen haben könnte. Was gibt es noch zu erfahren? Wohin führen deine Nachforschungen dich als Nächstes?

Mrs Turton

Was wäre, wenn

SIE SIND IMMER NOCH DA DRAUSSEN, diese Quallen. Sie sind immer noch da draußen mit ihren dreiundzwanzig Stichen alle fünf Sekunden. Und sie werden für den Rest meines Lebens da draußen sein. Vielleicht sogar so lange, wie die Erde existiert.

Ich denke an die unsterbliche Qualle, die jünger werden kann, und ich frage mich: Gibt es mehr als nur einen Weg, jünger zu werden? Besteht auch für Menschen eine Möglichkeit, wieder jung zu werden?

Können wir uns zum Beispiel dieses Gefühl zurückholen, das wir als Kinder verspürt haben? Dieses Gefühl, dass nichts unmöglich ist?

Im Jahr 1968 sahen Menschen die Erde vom Mond aus aufgehen und hatten das Gefühl, dass sie wichtig waren. Sie glaubten, sie könnten alles erreichen.

Was wäre, wenn wir genau dieses Gefühl wieder empfinden könnten?

Es gibt auf dieser Welt so viele Dinge, vor denen man Angst haben muss: Quallenblüten. Ein sechstes Massenaussterben. Ein Schulball in der Mittelstufe. Aber vielleicht müssen wir ja nicht die ganze Zeit Angst haben. Statt uns wie unbedeutende Staubkörner zu fühlen, könnten wir uns daran erinnern, dass alle Wesen dieser Welt aus Sternenstaub bestehen.

Und wir die Einzigen sind, die das *wissen*.

Bei den Quallen verhält sich das nämlich ganz anders: Sie werden das nie verstehen. Sie treiben nur dahin, ohne jegliches Bewusstsein.

Menschen sind zwar Neulinge auf diesem Planeten, und wir sind ganz schön zerbrechlich. Aber entscheiden, dass wir uns verändern wollen – das können nur wir.

Das Einzige, das Sinn ergibt

AN DIESEM ABEND lief das Telefon heiß. Mom rief Dad an, um ihm zu sagen, was passiert war, und dann noch einmal, um ihm zu sagen, dass ich mit seiner Kreditkarte das Flugticket gekauft hatte. Danach hatten Dad und Mom zuerst ein Konferenzgespräch mit der Kreditkartenfirma und dann mit der Fluggesellschaft. Ich hörte, wie sie von einem Sachbearbeiter zum anderen weitergereicht wurden.

Mom musste die Geschichte immer wieder neu erzählen. Oft wurde sie unterbrochen und sagte dann Dinge wie: »Genau. Zwölf. Sie hat online reserviert. Ja, ganz allein. Nein. Nein, ich wusste nichts davon.«

In dieser Nacht schlief ich wie ein Stein, und am nächsten Morgen weckte meine Mom mich nicht, um zur Schule zu gehen. Darüber war ich froh.

Sie musste ihre Hausbesichtigungen für den Tag abgesagt haben, denn als ich endlich nach unten kam, um zu frühstücken, stand sie im Flanellpyjama in der Küche. Sie hatte das Telefon am Ohr und eine dampfende Tasse Kaffee in der Hand.

»Sehr gut«, sagte sie in den Hörer und zwinkerte mir zu. Sie sah müde aus, so als hätte sie die ganze Nacht nicht geschlafen.

»Sehr gut«, sagte sie wieder. »Sie waren mir wirklich eine große Hilfe, vielen Dank.« Dann legte sie auf. »Gute Neuigkeiten, Su«, sagte sie. »Die Airline wird deinem Vater das Geld für das Ticket erstatten.«

Ich schaute zu Boden. »Das ganze Geld?«

»Das ganze Geld.« Dann murmelte sie noch halblaut vor sich hin: »Und das sollten sie auch. Sie können einer Zwölfjährigen kein Flugticket verkaufen.«

Ich ging im Pyjama nach draußen und sah meinen Atemwolken in der kalten Luft nach. Wenn alles nach Plan gelaufen wäre, dann wäre ich jetzt in Cairns angekommen. In diesen Minuten würde ich im Motel einchecken. Dort war es jetzt mitten in der Nacht, und Sommer.

Stattdessen war ich hier, in Massachusetts, an einem Wintermorgen, und bibberte in meinem Schlafanzug auf den Eingangsstufen des einzigen Hauses, in dem ich je gelebt hatte.

Und wenn ich darüber nachdachte, war das auch das Einzige, das irgendwie Sinn ergab.

Mom erschien in der Tür. »Su? Ich glaube, du schuldest deinem Vater einen Anruf.«

Ich schüttelte den Kopf.

»Schätzchen«, sagte sie sanft. »Wir haben gestern Abend lange miteinander geredet, und heute Morgen auch. Er ist aufgebracht, aber ehrlich gesagt macht er sich vor allen Dingen Sorgen um dich.«

Aber ich konnte ihn nicht anrufen. Noch nicht.

Wie fängt man wieder ganz von vorn an? Vor allem nach so etwas?

Alle anderen Schüler

ICH HATTE NICHT VOR, auf den Helden-und-Schurken-Ball zu gehen. Ich dachte den ganzen Tag kein einziges Mal daran. Nicht, als Aaron und Rocco zum Mittagessen kamen. Nicht, als Rocco den Fernseher anschaltete und wir ein Fußballspiel sahen, in dem eine Mannschaft namens Liverpool eine Mannschaft namens Tottenham in den letzten Spielminuten schlug. Und auch nicht, als die beiden gegangen waren und Mom mir Reis mit Hühnchen zubereitete, mein Lieblingsgericht.

Aber als ich beim Essen saß, klingelte das Telefon.

Mom ging ran. Einen Moment später schüttelte sie den Kopf. »Ich glaube, du hast dich verwählt«, sagte sie. »Hier gibt es keine Belle ...«

Ich schaute mit großen Augen auf.

Sie lachte. »Oh, du meinst *Suzy*. Okay, klar, sie ist hier ... Nein, sie ist nicht unterwegs.« Sie zwinkerte mir zu. »Sie war unterwegs, aber jetzt ist sie wieder da ... Ja, klar, Moment.«

Sie zog eine Augenbraue hoch und lächelte verschmitzt. »Ein junger Mann namens Justin möchte mit dir sprechen, Su.« Sie wedelte mit dem Hörer und formte mit dem Mund lautlos die Worte: *Na, komm schon.*

Aber ich nahm das Telefon nicht.

Sie seufzte. »Sie kann im Moment nicht. Soll ich ihr etwas ...? Aha. Okay. Ja, ich hab's verstanden. Der *Burner*. Okay, ich sag's ihr.«

Sie legte auf und schaute mich amüsiert an. »*Justin*« – sie betonte seinen Namen ganz besonders – »hat mich gebeten, dir auszurichten, dass sein Kostüm für das Schulfest der *Burner* ist. Er hofft, du kommst auch, damit du dich mit eigenen Augen davon überzeugen kannst.«

Der Helden-und-Schurken-Ball. Natürlich. Der war ja heute. Mein Magen hob sich, als ich an die Musik dort dachte. An all die anderen Schüler.

Mom beugte sich vor. »Wer ist dieser Justin überhaupt?«

Ich dachte einen Moment lang nach, weil ich nicht genau wusste, wie ich ihn beschreiben sollte. »Na ja«, sagte ich dann. »Er ist ein ... Freund von mir.«

Das Wort fühlte sich in meinem Mund fremd und ungewohnt an, aber sobald ich es ausgesprochen hatte, wusste ich, dass es stimmte.

Und irgendwie reichte das.

Ich brauchte nicht lange, um ein Kostüm zu finden. Ich ging in Aarons altes Zimmer und öffnete seinen Schrank. Ich griff nach einer alten farbbespritzen Red-Sox-Kappe, die er vor ein paar Jahren getragen hatte, als er in den Ferien geholfen hatte, Häuser anzustreichen, und jeden Abend grün und gelb gesprenkelt nach Hause gekommen war. Dazu wählte ich ein graues T-Shirt mit Brusttasche. Es war lang genug, um als Kleid durchzugehen, und zusammen mit meinen Leggins sah es sogar ziemlich gut aus.

Dann ging ich in mein Zimmer und setzte mich aufs Bett. Mein Koffer stand immer noch gepackt auf dem Boden. Ihn dort zu sehen, rief das Gefühl von heute Morgen in mir hervor, als ich Mom beim Telefonieren zugehört hatte. Ich fühlte mich sehr, sehr jung.

Ich beugte mich vor und nahm das Foto von Aaron, das ich aus ihrer Wohnung stibitzt hatte. Irgendwie war es schön zu wissen, dass auch er einmal so jung und uncool gewesen war. Vielleicht hatte auch er sich früher als Außenseiter gefühlt. Ich zog es aus dem Rahmen und steckte es in die Tasche des T-Shirts.

Dann holte ich tief Luft, ging nach unten und bat meine Mom, mich zur Schule zu fahren.

Was bleibt

WENN ES STIMMT, *was einige Wissenschaftler annehmen – dass Ereignisse nicht aufeinander folgen, sondern gleichzeitig existieren –, dann ist das hier real und passiert gerade genauso, wie es schon einmal passiert ist:*

Wir sitzen unter dem großen Baum in unserem Garten, wo wir früher Elfenhäuschen aus Moos, Stöckchen und Birkenrinde gebaut haben. Es ist später Nachmittag, und wir sind umgeben von goldenem Licht. Wir haben den ganzen Tag zusammen verbracht, barfüßig und mit abgeschnittenen Jeans.

Die fünfte Klasse hat gerade begonnen, und wir sind die Ältesten in der Schule. Nächstes Jahr werden wir an die Highschool kommen und wieder die Allerjüngsten sein. Aber noch nicht.

Wir spielen das Klatschspiel, das wir auch in den Pausen immer spielen. Du hältst deine Hände mit den Handflächen nach oben vor dich, und ich lege meine ganz leicht darauf. Dann ziehst du deine weg, um meine abzuklatschen. Dreimal triffst du nur Luft, aber beim vierten Versuch schließlich meine Hände. Wir lachen.

Dann halte ich meine Hände mit den Handflächen nach oben vor mich und mache mich bereit, sie wegzuziehen. Ich spüre die Wärme deiner Finger, die Wärme des Blutes, das durch deine Adern strömt.

Dein Kopf verdeckt die Sonne, die tief am Himmel steht. Die Konturen deines Gesichts und deiner Arme glühen weiß, als habe jemand deine Umrisse mit einem im Dunkeln leuchtenden Stift umfahren. Als du dich bewegst, dringen hinter deinem Kopf die Strahlen der Nachmittagssonne hervor. Ich kneife die Augen zusammen, und du wirst zur Silhouette. Du bewegst dich noch einmal und bist wieder sichtbar, mit deinen Sommersprossen und deinen hellen Haaren, die wie ein Heiligenschein leuchten.

Ich bewege die Hände, und du ziehst deine gerade noch rechtzeitig weg. Wir merken gar nicht, wie sehr wie lachen. Unser Gelächter schwebt in das goldene Licht, das uns umgibt. Wenn wir wollten, könnten wir unser Lachen einfangen, wie Funken von einem Lagerfeuer oder die Samen einer Pusteblume im Wind. Wir könnten es in unseren Händen festhalten und seine Wärme spüren. Wie bei einem Stein, der die Hitze eines Sommertages speichert.

Ich bewege die Hände wieder und erwische nur deine Fingerspitzen.

»Daneben«, sagst du.

»Ich hatte dich«, sage ich.

»Nö-öh«, lachst du.

»Do-hoch«, sage ich.

Beim nächsten Mal erwische ich dich wirklich, und wir krümmen uns vor Lachen. Unsere Schatten werden länger, als die Sonne in Richtung Horizont sinkt.

Unsere Knie berühren sich. Wir fangen noch einmal von vorn an.

Helden und Schurken

ICH SASS IM AUTO MEINER MUTTER und beobachtete, wie als Helden oder Schurken kostümierte Schüler an uns vorbei in das Gebäude strömten. Ich sah mehrere Harry Potters und ebenso viele Voldemorts. Es waren auch mehrere Katniss Everdeens unterwegs sowie einige klassische Superhelden mit Cape und roten Strumpfhosen und einige maskierte Männer in Schwarz, wie man sie aus alten Westernfilmen kennt. Ausgerechnet Dylan Parker hatte sich als Priester verkleidet.

Ich blieb im Auto sitzen.

»Schätzchen?«, fragte Mom. »Alles okay?«

Zwei als Avengers verkleidete Schüler liefen an uns vorbei, und ich stellte mir die dunkle, mit Girlanden geschmückte Turnhalle vor. Was hatte ich mir bloß dabei gedacht, hierherzukommen?

»Ich glaube, ich will nach Hause«, sagte ich.

Mom seufzte. Dann griff sie in ihre Handtasche und holte ihr Handy heraus. Das drückte sie mir in die Hand.

Aber ich stieg immer noch nicht aus.

»Suzy«, sagte sie. »Wie lange dauert es mit dem Auto von hier zu uns nach Hause?«

Ein Batman und ein Joker liefen vorbei. Ich wusste nicht, wer sich unter den Kostümen verbarg.

»Su?«, fragte Mom wieder. »Wie viele Minuten?«

»Weiß nicht«, sagte ich. »Vielleicht fünf?«

»Und wie viele Sekunden sind das?«

»Dreihundert.«

»Genau. Also hör zu. Ich möchte, dass du da reingehst und der Party wenigstens 300 Sekunden gibst. Wenn du es dort wirklich nicht aushältst, kannst du mich mit diesem Handy hier anrufen. Dann hole ich dich ab. Okay? Aber geh wenigstens durch die Tür, Su.«

Dreihundert Sekunden. Mehr verlangte sie nicht von mir.

»Schätzchen, gestern wolltest du allein auf einen anderen Kontinent fliegen.«

Ja, schon. Aber das hat nicht geklappt.

Sie fasste mich am Kinn und schaute mir einen Moment lang in die Augen. »Du bist mutig, Su. Du bist der mutigste Mensch, den ich kenne. Du schaffst das.«

Ich kniff die Augen zu, damit ich nicht gleich wieder losheulte.

Als ich sie wieder öffnete, schaute ich auf das Handy in meinen Händen. Ich wollte es wirklich versuchen – sei es auch nur um Moms willen.

Als könnte sie meine Gedanken lesen, sagte sie: »Für mich, Su? Bitte, versuch es zumindest.«

Ich machte die Tür gerade so weit auf, dass das Licht im Inneren des Autos anging.

Plötzlich klopfte jemand ans Fenster.

»Belle!« Justin winkte mir zu. Er war ganz normal angezogen, trug aber riesige Plüschpfoten an den Händen.

Ich war so erleichtert, ihn zu sehen, dass ich laut auflachte.

»Ist das Justin mit dem *Burner*-Kostüm?«, fragte Mom.

Ich nickte.

»Kommst du?«, rief Justin mir durchs Fenster zu.

Ich drehte mich zu meiner Mom um. »Versprich mir, dass du ans Telefon gehst, wenn ich anrufe, ja? Und dass du mich sofort abholst, wenn ich das will?«

»Ja, Su.«

»Und du hältst auf dem Weg nach Hause auch nirgendwo an?

Damit du auch zu Hause bist, falls ich dich in fünf Minuten anrufe?«

»Versprochen.«

Dreihundert Sekunden.

Ich holte tief Luft. Dann stieg ich aus dem Auto, das Handy meiner Mom fest umklammert.

»Was bist du?«, fragte Justin und betrachtete meine Red-Sox-Kappe. »Ein Baseballspieler?«

Ich schloss die Autotür und sah zu, wie meine Mom wegfuhr. Dann schluckte ich mühsam und schaute ihn an. »Ein ganz normaler Durchschnittstyp«, sagte ich. »So jemand kann doch auch ein Held sein, findest du nicht?«

»Hm ...« Er strich sich mit einer Plüschpfote übers Kinn. »Nicht sehr oft, aber gelegentlich kommt das schon vor.«

Ich hörte, wie in der Turnhalle die Musik losging – ein Song, den ich nicht kannte. Die anderen aber offenbar schon, denn eine Menge Schüler johlten und rannten in Richtung Eingangstür.

»Schau mal«, rief Justin und zeigte auf den Parkplatz. »Da ist Mrs Turton.« Er winkte wie ein Verrückter mit seinen Plüschpfoten. »Mrs Turton! Hallo!«

Mrs Turton trug silberne Glitzerturnschuhe, was ich sehr lustig fand.

»Als was sind Sie verkleidet?«, fragte Justin.

Sie öffnete den Reißverschluss ihres Mantels, stemmte die Hände in die Hüften und reckte das Kinn in Superhelden-Pose gen Himmel. Sie trug ein T-Shirt, auf dem stand: *Ich bin Lehrerin. Und was ist deine Superkraft?*

»Und du, Justin?«, fragte sie dann. »Bist du ein Werwolf?«

»Nö«, sagte Justin. »Aber ich wette, Belle hier weiß, wer ich bin.«

»Ja, das weiß ich«, sagte ich. Beide schauten mich erwartungsvoll an.

»Er ist das Biest«, sagte ich. Justin strahlte.

»Ah«, machte Mrs Turton. »Nun, ich hoffe, das Biest hat Rhythmus im Blut, denn Mrs Turton hat das Tanzfieber gepackt. Schaut her«, sagte sie und hob ihren glitzernden Fuß. »Ich hab sogar meine Tanzpantoffeln an.«

Die beiden gingen in Richtung Eingang. Als Mrs Turton die Tür aufzog, drang laute Musik auf den Parkplatz, und Justin drehte sich zu mir um.

»Komm schon, Belle«, sagte er.

Ich stellte mir vor, wie es in der Turnhalle aussah – all die Leute, die im Kreis standen und im Takt auf und ab hüpften. All die Kostüme. All der Lärm und all die Hektik.

»Ich muss noch kurz telefonieren«, sagte ich.

Dann drehte ich mich vom Eingang weg und zählte bis dreihundert. Dreihundert Sekunden waren 1380 neue Quallenstiche.

Ich wählte und hielt das Handy an mein Ohr.

»Hallo?«, sagte eine Stimme am anderen Ende der Leitung.

»Dad«, sagte ich.

Dad – dieses Wort hatte ich fast fünf Monate lang nicht mehr laut ausgesprochen. Fünf Monate, das sind 150 Tage, und das sind Millionen von Sekunden, auch wenn ich es in diesem Moment nicht genau ausrechnen konnte.

Er schwieg lange, als wüsste er tatsächlich nicht, wer ich war.

Ich holte tief Luft. »Ich habe mir überlegt …« Ich biss mir auf die Lippe, dann fuhr ich fort. »Vielleicht sollten wir uns diese Dinosaurierspuren mal anschauen.«

Seine Stimme klang irgendwie komisch, als er mir antwortete. »Okay«, sagte er nur. Es klang, als wäre er heiser.

In der Turnhalle fing ein neuer Song an. Diesen kannte ich. Er war schon ein paar Jahre alt – damals waren Franny und ich noch Freundinnen gewesen, und ich hätte mir nie vorstellen können, dass sich das einmal ändern würde.

»Aaron soll auch mitkommen«, sagte ich.

»Ja, natürlich kann Aaron mitkommen«, sagte mein Vater.

»Und Rocco auch.«

»Ja, klar. Ich rufe die beiden an und bespreche es mit ihnen, Kleines.«

Ich lehnte mich an die Ziegelwand der Schule und lauschte der Musik, die aus der Turnhalle drang.

»Gibt es noch etwas, Suzy?«

»Nein«, sagte ich. »Momentan nicht.«

Stille.

»Ich bin sehr froh, dass du angerufen hast, Suzy.«

»Okay.«

»Sehen wir uns morgen?«

»Ja.«

»Selbe Zeit, selber Ort?«

Ich dachte an unsere pinkfarbene Kunststoffnische, an das Aquarium und die Fische, die nur ihre eigenen Spiegelbilder sahen. Ich dachte an all die Abende, an denen Dad und ich uns im Ming Palace gegenübergesessen und uns angeschwiegen hatten.

»Ich weiß nicht«, sagte ich. »Vielleicht können wir morgen ja woanders hingehen.«

Jetzt war er derjenige, der einen Augenblick lang schwieg.

»Ja. Du kannst es dir aussuchen, Suzy.«

»Okay.«

»Okay.«

Und mit einem Mal war mir die Situation peinlich, weil ich nach so langer Zeit endlich mit ihm sprach, mir aber nichts einfiel, was ich noch hätte sagen können.

»Tschüss, Dad.«

»Mach's gut, Kleines.« Er sagte es so leise, dass ich ihn kaum verstand.

Ein kurzes Klicken, dann war er weg.

Jemand klopfte mir auf die Schulter, und ich drehte mich um, in der Erwartung, Justin vor mir stehen zu sehen. Aber es war nicht Justin. Es war Sarah Johnston.

»Hi, Suzy«, sagte sie. Sie war als Ninja verkleidet und von Kopf bis Fuß in Schwarz gehüllt. »Warst du schon drin?«

Ich schüttelte den Kopf.

»Ich bin auch gerade erst gekommen«, sagte sie. Nach kurzem Zögern fuhr sie fort. »Ich war noch nie bei einem Schulball. Und du?«

Ich schüttelte wieder den Kopf.

»Sollen wir zusammen reingehen?«, fragte sie. Sie wirkte irgendwie nervös. Vielleicht sogar … hoffnungsvoll. Dann fügte sie beinahe entschuldigend hinzu: »Ich kenne immer noch nicht so viele Leute hier. Ich glaube, ich traue mich nicht, alleine reinzugehen.«

Ich war so überrascht, dass ich ohne nachzudenken sagte: »Aber du hast doch so viele Freundinnen, oder nicht?«

Sie war Aubreys Laborpartnerin. Ich hatte sie mit Molly sprechen sehen. Sie hatte wie all die anderen ihr T-Shirt mit einem Knoten über die Hüfte hochgebunden.

»Eigentlich nicht«, sagte sie. »Ich kenne zwar ein paar der Mädchen, aber wirkliche *Freundinnen* habe ich nicht.«

Sarah Johnston, die ihr Referat über Zombie-Ameisen gehalten hatte, weil die ihr Angst einjagten.

Sarah Johnston, die gerne geblieben wäre, um sich das Video in Mrs Turtons Büro anzusehen.

Sarah Johnston, die, wenn ich ehrlich war, eigentlich ziemlich nett wirkte.

»Mrs Turton ist drinnen«, sagte ich. »Ich glaube, sie tanzt gerade mit Justin Maloney.«

Sarah lächelte. »Weißt du noch, wie sich Mrs Turton als Albert Einstein verkleidet hat?«

Ich lachte.

»Sie ist meine Lieblingslehrerin«, sagte Sarah noch.

»Ja, meine auch.« Ich nickte.

Plötzlich musste ich daran denken, was Mrs Turton gesagt hatte: Wenn wir alle wirklich 20 Milliarden Atome von Shakespeare in uns hatten und Shakespeare vor vielen Hundert Jahren auf der anderen Seite des Ozeans gelebt hatte, dann hatten wir doch sicherlich auch Frannys Atome in uns. Und es mussten viel mehr sein als die von Shakespeare – schließlich hatte sie hier bei uns gelebt, geatmet, sie war hier herumgelaufen und hatte ihre Hautpartikel hier verloren. Sie war lange, lange Zeit jeden Tag ein Teil von uns gewesen.

Ich stellte mir das Universum mit einem Mal als gigantischen Lego-Baukasten vor, aus dessen Teilen unendlich viele Formen konstruiert werden können, die dann auseinanderfallen, um wieder neue Formen zu bilden.

Sarah und ich gingen gemeinsam in die Turnhalle und blieben einen Moment lang in der Eingangstür stehen. Es war dunkel, und überall hingen Girlanden. Bunte Lichtstrahlen tanzten durch den Raum, wanderten über den Boden, die Wände und die Decke, und über die Gesichter der tanzenden Schüler und Lehrer.

Wenn ich die Augen auf eine bestimmte Weise zusammenkniff, konnte ich nur die Lichter sehen, die blinkten und flackerten wie Sterne an einem klaren Himmel.

Ich öffnete die Augen wieder und sah eine Turnhalle voller Menschen. Dann kniff ich sie noch mal zusammen, und die Lichter wurden Unterwasserwesen, die mit ihrer Biolumineszenz blinkten und sich gegenseitig all diese Unterwasser-Signale sendeten.

Ich stellte mir vor, wie ich zur Decke der Turnhalle schwebte und auf die verschiedenen Gruppen herabblickte, auf all die kleinen Kreise. Ich stellte mir vor, wie jeder Kreis sich im Takt der Musik bewegte, wie Arme und Beine im gleichen Rhythmus zusammengezogen und wieder ausgestreckt wurden. Vielleicht sah jede Gruppe wie ein schlagendes Herz aus.

Oder wie eine pulsierende Qualle.

»Da sind Justin und Mrs Turton«, sagte Sarah und deutete auf die beiden.

Selbst aus dieser Entfernung sah ich, dass Justin schon total verschwitzt war. Er hatte den Kopf in den Nacken gelegt und lachte laut. Alle um ihn herum klatschten und bewegten die Arme, als ob sie Butter stampften. Als würde Justin meinen Blick spüren, schaute er auf und winkte mir zu.

Ich kniff die Augen wieder zusammen, und er verschwand im blinkenden Himmelsmeer.

»Sollen wir zu ihnen gehen?«, fragte Sarah.

Ich hatte immer noch Moms Handy in der Hand.

Vielleicht lag es an dem Pulsieren. Oder vielleicht nur an Justins Winken, Sarahs Lächeln oder der Art, wie Mrs Turton zwischen ihren Schülern stand und mit den Armen wedelte.

Aber ich hörte auf, die Augen zuzukneifen. Ich steckte das Handy in meine Brusttasche zu dem Foto von Aaron. Und dann holte ich tief Luft.

»Ja«, sagte ich zu Sarah. »Los geht's.«

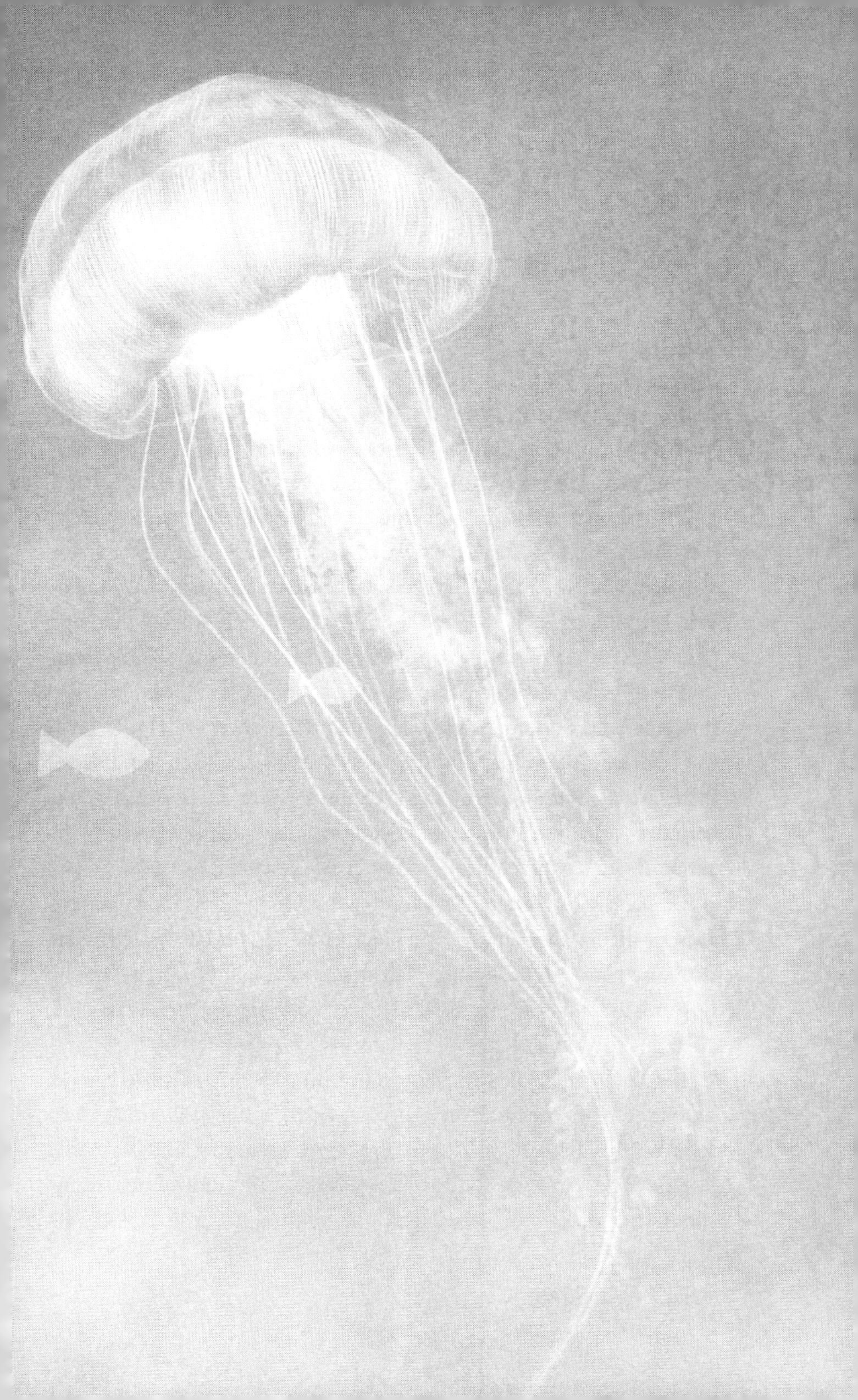

Nachwort

FAST ALLE FIGUREN IN DIESEM BUCH sind erfunden – bis auf die Quallenexperten. Sie gibt es wirklich, Jamie Seymour eingeschlossen. Ich habe mein Möglichstes getan, um ihre Arbeit und ihre Leistungen zu honorieren und sie wahrheitsgetreu darzustellen. Mit einer großen Ausnahme: Diana Nyads fünfter und historischer Versuch, von Kuba nach Florida zu schwimmen, fand in Wirklichkeit am Montag, den 2. September 2013 statt. Zuerst wollte ich das genaue Datum ihres Schwimmversuchs auf keinen Fall verändern und überlegte, sie und die anderen Wissenschaftler zu fiktionalisieren. Aber am Ende entschied ich mich doch dagegen. Nyads Leistung war extrem beeindruckend. Sie zeigte Entschlossenheit, Durchhaltevermögen und enorme Stärke, und sie verdient die volle Anerkennung für ihren Erfolg, auch wenn das eigentliche Datum nicht genau in den zeitlichen Ablauf von Suzys Geschichte passte.

Die Leser, die Neuengland kennen, werden bemerkt haben, dass das Berührungsbecken, die Quallenausstellung und der Salzwassertank aus den ersten Kapiteln Teil des New England Aquariums in Boston sind, auch wenn die Quallenausstellung dort nicht speziell die Irukandji behandelt.

Die Fotos, über die Mrs Turton mit ihren Schülern spricht, sind unter anderem *Earthrise*, das von dem Astronauten William Anders 1968 während der Apollo-8-Mission gemacht wurde, und *Pale Blue Dot*, das 1990 von der Raumsonde Voyager-1 aus einer Entfernung von etwa 6 Milliarden Kilometern aufgenommen wurde. Die Raumsonde ist diese Entfernung mit einem Bordcomputer geflogen, der weniger Rechenkraft hat als ein iPhone. Was Mrs Turton über dieses Foto sagt, erinnert an die Worte des verstorbenen Carl Sagan – Astronom und Humanist – in seinem Buch *Blauer Punkt im All: Unsere Heimat Universum*.

Das Buch, über das Suzy in dem Kapitel *Wie man etwas Wichtiges nicht sagt* nachdenkt, ist *Winn-Dixie* von Kate DiCamillo.

Das Video, das sich Justin und Suzy in dem Kapitel *Bestäubung* ansehen, wird im TED-Talk des Filmemachers Louie Schwartzberg *The hidden beauty of pollination* gezeigt, den man sich auf TED.com ansehen kann.

Das Video über etwas *ganz Unglaubliches* ist von dem Videokünstler Max Schlickenmeyer. Er kombiniert darin ein Zitat des wundervollen Neil DeGrasse Tyson mit Aufnahmen des Hubble-Teleskops und anderen Weltraumfotografien. DeGrasse Tysons Zitat stammt aus einem Interview mit dem Time Magazine aus dem Jahr 2012 und war die Antwort auf die Frage: »Was ist für Sie die erstaunlichste Tatsache des gesamten Universums?«

Wenn ihr euch für das Universum interessiert, dann empfehle ich euch *Eine kurze Geschichte von fast allem – Ausgabe für junge Leser/Hörer*, eine Version für Kinder und Jugendliche des viel dickeren Buchs für Erwachsene. Bill Bryson erklärt darin, wie das Universum entstanden ist, die Geschichte unseres Planeten und die erstaunliche Tatsache, dass wir überhaupt existieren.

Wer über Quallen und andere seltsame Kreaturen staunen will, dem lege ich Claire Nouvians Bildband *The Deep – Leben in der Tiefsee* ans Herz. Es ist ein Bildband für Erwachsene, aber die Welt, die darin gezeigt wird, ist auch für junge Leser bizarr und faszinierend.

Danksagung

DIESE GESCHICHTE entstand aus einem Misserfolg. Vor ein paar Jahren begann ich mich sehr für Quallen zu interessieren – vor allem für das, was sie uns über uns selbst und über unseren Planeten verraten. Ich schrieb mit viel Herzblut einen Aufsatz über sie, den ich hoffnungsvoll bei einer Hochglanz-Zeitschrift einreichte. Die Herausgeber waren sehr interessiert ... bis sie den Aufsatz ein Jahr später schließlich doch ablehnten.

Aber ich war noch nicht bereit, die Quallen aufzugeben. Genau wie Suzy begann ich, Quallenexperten zu recherchieren und mir Aufzeichnungen zu machen, ohne genau zu wissen, wo mich das hinführen würde. Dieses Buch enthält die Geschichte, die dabei herauskam.

Was Mrs Turton sagt, ist richtig: Wir lernen mehr aus unseren Fehlern als aus unseren Erfolgen.

Ich bin meiner Agentin und Freundin Mollie Glick von Foundry Literature and Media extrem dankbar. Sowohl für ihre hochintelligenten redaktionellen Hinweise und ihr Geschick dafür, das richtige Zuhause für dieses Buch zu finden. Dank auch an Emily Brown bei Foundry, eine scharfäugige Leserin, der keine Arbeit zu anstrengend ist; an Jessica Regel, die das Buch in die ganze Welt gebracht hat, und an Joy Fowlkes.

Andrea Spooner ging – vielleicht, weil sie monatelang neben einem Artikel über unsterbliche Quallen auf dem Nachttisch geschlafen hat – mutig das Risiko ein, ein seltsames Manuskript über eine von merkwürdigen Wesen besessene Außenseiterin anzunehmen.

Sie verstand es. Und dann brachte sie es geschickt und sorgfältig auf Kurs. Danke auch dem gesamten Team von Little Brown Books for Young Readers, vor allem Deirdre Jones, Russell Busse, Victoria Stapleton und Megan Tingley.

Neil Gaiman sagte einmal: »Google bringt dir 10 000 Antworten. Ein Bibliothekar bringt dir die richtige.« Danke an Kristen Rose und Helen Olshever für die richtigen Antworten, egal auf welche Fragen. Danke an Elinor Goodwin im Print Shop Williamstown, die mir ungefähr acht Millionen der frühen Fassungen ausdruckte. Danke an Christopher Berendes fürs Prüfen der Fakten, die Lektorin Barbara Perris und meinen Freund Dr. Dr. rer. nat. Jeffrey Thomas für seine wissenschaftliche Kompetenz, Inspiration und loyale Unterstützung.

Ich bin auch den Kindern der Pine Cobble School dankbar, besonders den Mitgliedern des Schreibklubs, weil sie mich daran erinnert haben, wie weise und mitfühlend Kinder sein können – und wie lustig und absolut großartig. Bitte bleibt weiterhin so wahrhaftig, nachdenklich und neugierig auf eurem Weg durch diese komplizierte Welt.

Ein riesiger Dank geht an alle Lehrer da draußen ... auch an meine eigenen.

Ich habe das Glück, viele wunderbare Freunde in meinem Leben zu haben, unter anderem Janine Hetherington, meine beste Leserin; Molly Kerns, die mich unermüdlich anfeuerte; und Rebeccah Kamp, die regierende Königin des Unter-die-Arme-Greifens.

Danke an meine ganze Familie dafür, dass ihr wie immer an meiner Seite wart.

Und zum Schluss gilt mein größter Dank den drei Menschen, mit denen ich jeden Tag verbringe: Blair, dessen beständige Unterstützung mir immer wieder beweist, dass es überhaupt nicht *plemplem* war, ihn zu heiraten. Merrie, die mich daran erinnert, dass das Leben – und Bücher – immer ein Abenteuer bleiben sollten. Und Charlotte, deren Neugier mir zahllose geheime Wunder dieser Welt eröffnet hat. Ich liebe euch, Leute.